अम्मा की पाठशाला

अम्मा की पाठशाला

मंजुलता मोहापात्र

PAPER TOWNS
PUBLISHERS

PAPER TOWNS
PUBLISHERS

First published by
Papertowns Publishers
72, Vishwanath Dham Colony,
Niwaru Road, Jhotwara,
Jaipur, 302012

अम्मा की पाठशाला

ISBN Print Book – 978-81-963853-5-4

Printed in India

Cover Design by Ishita Agarwal
Instagram ID- @spotlight_graphics_
@Ishitaagarwal9022@gmail.com

आज उदास होकर बैठे बैठे मुझे मेरी बचपन की याद आ गई। आज की परिस्थिति को देखते हुए मेरा बचपन मेरे आखों के सामने एक प्रतिछवि बनकर दिखने लगी। बचपन सबका होता है। मग़र कौन किस तरह से अपना बचपन जी पाता है, अंदाज करके कहना संभव नहीँ होता है। किसी का अमीरी में तो किसी की गरीबी में गुजरता है। कभी कभी अपनों के हाथों में किसी अपने का बचपन क्या ? पूरी जिंदगी की ख़ुशियाँ छीन जाती है बिना कोई कसूर किये हुए। सब कुछ मेरे आखों के सामने होते हुए देखकर मैं कुछ सोचने लगी थी,और आँखें बंद करके बीते हुए अतीत के दुनियाँ में घुम रही थी –

"मुझे मेरा बचपन का लड़कपन जीने को मिला था।मेरी साथी सहेलियाँ मेरे सामने हुआ करते थे। कहते हैं कि बचपन के दिन बड़े होने के बाद में चाहकर भी लौटकर वापस मिलता नहीँ है। अग़र उसी लड़कपन को किसीने जी भरके जिआ नहीँ है, तो वो कुछ भी पाया नहीँ है। हमारे साथ एक ऐसी इंसान संपर्क आई थी, कि उसे भूल पाना नामुमकिन है। मेरी जिंदगी के साथ उनकी जिंदगी इस क़द्र से जुड़ी थी ,जब मुझे किसी की मदद की जरूरत थी। मेरी और उनकी जिंदगी, उनकी आख़िरी दमतक जुडी रही। यहाँ पर उनकी जिक्र किये बिना, रहना मेरे लिए बड़ी मुश्किल है। उनके लिए हम ने ऐसा एक परिस्थिति बनाकर रखी कि जिंदगी में उनको हम कभी भी भूल ना पायेंगे।"

इसलिए मैंने मेरे भूले बिसरे दिनों को कागजों के पन्नों में, कुछ लिखकर, यादों में भरना उचित समझकर लिखना। चाहा। लेकिन उसे बिस्तृत भाव से बर्णन करना जरूरी था। इसलिए मैं ने शुरू से लिखा। कभी हसी और रोना , कभी ख़ुशी और ग़म तो कभी , तो कभी और कुछ। मग़र यादें तो यादें होते हैं।

जिस दिन मैं इस दुनियाँ में आई, उस दिन चारों और जश्न का माहौल था। उस दिन नारियल पूर्णिमा का दिन था। देश के कोने कोने में भाई बहन के प्यार का बंधन,

"रक्षा बंधन"
पालन हो रहा था।

"लड़की पैदा हुई"
बोल कर मेरी दादी माँ ख़ुशी से झूम रही थी। सब से कहती थी। ....

"मेरे घर पर लक्ष्मी की आगमन हुई है। घर घर मिठाईयां बांट रही थी। उनकी ख़ुशी को शब्दों में बयान करना मुश्किल है। हमारे पड़ोस में रहने वालों ने मेरी दादी को बधाई दी थी। तब मेरे चाचा जी मुझे देखने के लिये, अस्पताल में आये हुये थे। यह सब मेरी जनम की कहानी माँ मुझे बोल रही थी एक दिन यही कहकर कि।

"चाचा जी ने तुझे देखते ही आकर मुझे अपने गोद में उठा लिया। मेंरी माथे को चूमते हुये उन्होंने कहा मेरी माँ से कहा—

"भाभी जी ! हमारी यह बेटी एक दिन दुनियाँ में अपना एक अलग सा नाम कमायेगी।"

तब मेरी माँ ने उन्हें पुछा था —

"देवरजी !आज जन्म हुई बच्ची के बारे में , कुछ भविष्य वाणी इसी तरह की ,आप कैसे कह सकते हैं ? भाग्य की डोर तो ऊपर वाले के हाथ में है।"

तब चाचा जी ने मेरी माँ से कहा था ------

"भाभी जी ! यह तो सच है कि हम सब को ऊपर वाले ने बनाया है ,और उनके हाथों में सब की तकदीर की डोरी है। फिर भी भारतीय ज्योतिष विद्या में कई साधन ऐसे है कि इंसान को देखकर ज्योतिषाचार्य गणना में कुछ हद तक भबिष्य बताने में सफलता प्राप्त कर सकते हैं।"

जब चाचाजी अस्पताल से घर के लिये रवाना हो रहे थे, तब उन्होंने अपनी जेव से लाल रंग के कलम को निकाल कर मेरे माथे पे एक लंबा सा टीका खींच कर, थोड़ी सी मुस्कुराहट देकर निकल पड़े आगे। और मेरी माँ अस्पताल की खटिआ पर बैठ कर सोचने लगी थी।------

"क्या भविष्य जान पाना इतना आसान है ?"

खैर, मेरी माँ ने अपने आप से सवाल पूछा था, यही सच है। फिर भी जवाब किसी से जानने की कोशिश नहीँ की थी। उसका मानना यही था कि–

"वर्तमान को सुधार कर आगे चलने से, भविष्य खुद ब खुद सही होगा। किसे पता किसके तकदीर में क्या लिखा होता है।"

समय आगे बढ़ता गया। दादी माँ का प्यार, परिवार का दुलार में, मेरी परवरिश हुई। एक दिन चाचा माँ के साथ बात कर रहे थे। माँ ने उन्हें पूछा -----

"देवर जी ! आपने उस दिन अस्पताल में कहा था। ----

"हमारी बेटी दुनिया में राज करेगी। क्या भविष्य को कोई सठिक बता सकता है ?"

"आपने सही कहा भाभीजी। फिर भी किसी की चेहरे पर नजर डालकर, मैं कुछ बातों की भविष्य वाणी कर कर सकता हूँ। इसलिये गुड़िआ को देखते ही मैं ने , आपको बता दिया। आप मानों या ना मानों , ऐसा ही होगा।"

चाचा जी से यह सब सुनकर माँ उन्हें देखती रह गई। तब चाचाजी ने माँ से कहा ---

"आप यकीन नहीं करती है ? यही ही होगा। छोड़ो। आपको यकीन नहीं होता है ?मैं आपको मेरे बारे में कुछ बताता हूँ। मेरे पास अधिक समय नहीं है। कम समय पर बहुत कुछ काम करना चाहता हूँ। देखते है क्या क्या करना मुमकिन हो पाता है ?"

उस दिन चाचाजी को किसी की बुलावा आने से ,वे वहाँ से चले गये। उनके चले जाने के बाद में , माँ उलझनों में पड़ गई। अपने आप में बातें करती रही ------

"यह क्या कह गये देवरजी ? मुझ से कहा कि वे अपने बारे में कुछ बतायेंगे। और क्या समय नहीं है कह गये। सच में उनके पास समय नहीं होता होगा। एक इंसान और जिम्मेदारी बहुत। अकेले में क्या क्या करेंगे ?"

मेरे चाचाजी, मेरे पापा जी के छोटे भाई, पापा जी से दो साल छोटे थे। सुन्दर चेहरा, सुडौल शरीर और बड़ा भद्र स्वभाव वाले चाचाजी ने डिग्री हासिल की थी। बड़े ज्ञान बर्द्धक बातें किया करते थे। सबकी मदद के लिये सबसे आगे आते थे। इसलिये लोग उन्हें

"पंडित जी" कहकर संबोधन करते थे। उन्होंने कभी भी इस बात की विरोध नहीं किया था। मुस्कुराकर स्वीकार करते थे। राजनीति में शुरू से उनको बड़ा दिलचस्पी था । एक अध्यापक होते हुये भी राजनीति में हमेशा सक्रीय रहे थे। जनता की सेवा करना उन्हें अच्छा लगता था। आसपास गांव की प्रगति के लिये निरंतर प्रयत्नशील रहने में ,उन्होंने अपनी जीवन को मानों जनता के लिए समर्पण कर दिया था। उनका मानना यही था कि -----

"अंग्रेजों ने २०० सालों तक अपने ही देश में हमें गुलाम बनाकर हमारा देश को लूटकर कंगाल बना दिया था । कितने बलिदान के बाद में ,देश आजाद हुआ। उसे आबाद करने के लिये हम उद्यम नहीं करेंगे तो कौन करेगा ?"

उनके उद्यमों के कारण , हमारे इलाके में अस्पताल खोले गये थे। कई सारे जनहित कर कार्य हुये थे। कई लोगों को स्वयं रोज़गार का साधन मुहैया कराया गया था। वाक़ई उनका कार्य सराहनीय है। उनके दिल में सब के लिये इज़्ज़त और सदभावनाएँ हमेशा रहती थी।

मगर मेरी दादी माँ की शिकायत हमेशा यही रहती थी की चाचाजी कभी अपने घर पे ज्यादा नहीं टिकते थे। वो चाहती थी कि चाचाजी उनके साथ कुछ समय बैठ कर , थोड़े समय के लिए सही , बातें करें। उनके साथ समय बिताये। चाचीजी को कहीं बाहर घुमाने ले जाये। लेकिन चाचाजी को अपने

घरवाले जितना चाहते थे , उतना ही अपने आसपास रहने वाले उनके साथ में रहना चाहते थे। चाची जी उन्हें भोला पंडित कहकर संबोधन करती थी और उनके साथ मजाक भी करती थी। हमारा परिवार के लोग इसी तरह से एक दूसरे के साथ में साथ दिया करते थे।

मेरे पापा जी हमेशा घर से बाहर रहते थे उनके काम के सिलसिले में। जब भी पापा जी घर पर आते थे ,सब की ध्यान रखते थे। दादी माँ के पास दो घड़ी बैठ कर ,खूब गप्पे शपे लगाते थे। हमें बाहर घुमाने ले जाते थे। इसलिये दादी माँ को पापा जी के लिये कोई शिकायत नहीं थी। उलटा , दादी माँ हमारे चाचा जी से कहती थी ------

"देख तेरे बड़े भाई को। परिवार के लिये बाहर रहकर काम करता है। फिर भी जब भी घर पे आता है , सबका ध्यान किस तरह से रखता है। तू इतना लापरवाही अपने परिवार के लिये क्यों है ?"

तब चाचा जी हंस कर कहते थे ------

"माँ !मैं हमेशा तो आप लोगों के साथ रहता हूँ। रोज रोज एक ही शिकायत को क्यों दोहरा रही है ? शांत होकर कुछ समय आराम के साथ सांस तो ले ले। भैया बड़े है , और मैं छोटा हूँ। हम दोनों में तुलना मत कर। हमेशा बड़े बेटे को सराहना मिलता है। "

इस तरह का खींचा तानी हमारे पापा जी को बिलकुल अच्छा नहीं लगता है। वे चाचा जी से कहते है ------

"छोटे ! माँ की बातों पर नाराज़ मत होना। वो तुझ से बहुत प्यार करती है। तेरे फिक्र में हमेशा रहती है। इसलिये वो सब कुछ तुझे बोल देती है। तुझे जो करना है कर। कोई रोक टोक नहीं है। मैं कहूँगा कि बाहर के काम के साथ साथ , माँ और तेरे बीवी बच्चों के लिये थोड़ा सा समय निकाल लेना जरूरी होता है । क्यों की वो सब तेरे ही ज़िम्मेदारी है और तेरा कर्तव्य भी है। "

मेरे पापा जी और मेरे चाचा जी के बीच में संबंध बहुत अच्छे थे। दोनों में प्यार का अटूट बंधन था। जब दोनों इकट्ठा होते थे , तब चुपके चुपके काफी समय तक बातचीत करते रहते थे। हँसते हँसते लोट पोट हो जाते थे। इस तरह से जैसे दो दोस्त आपस में फुर्सत में बैठ कर गुफ्तगू कर रहे हैं । उन दोनों की याराना कहो या दोनों भाइयों के बीच में प्यार कहो या एक दूसरे को अच्छी तरह समझते थे कहो , देखने वाले जरूर अचंभे हो जाते थे। कहते थे , भाई हो तो -------

"ये दोनों भाइयों को देखो। उनसे कुछ सीखो। "

लोग तो काफी उदाहरण दिया करते थे। दिनचर्या में फिर लोग व्यस्त हो जाते थे। कुछ दिन में मेरा नाम करण हुआ , और चाचा जी को पापा जी ने कहा --------

"छोटे !बिटिआ का नाम तू चयन कर। इस बात पर चाचा जी को बेहद ख़ुशी हुई। आज मेरा नाम जो भी है। उस नाम को मेरे चाचा जी ने को अपनी ख़ुशी से चुना था। उसी नाम से सब लोग मुझे बुलाने लगे। उस दिन चाचा को किसी *meeting* के लिये कहीं बाहर जाना था। जल्दबाजी में मुंह में दो निबाला डालकर घर से निकल पड़े। जाते जाते मेरी दादी जी को चाचा जी ने कह दिया ------

"माँ !मैं जा रहा हूँ।"

चाचा जी बाहर चले गये। तब दादी माँ खाना खाने बैठी थी। उनको कुछ बोलना चाहती थी। फिर भी मुँह के अंदर खाना होने के कारण , कुछ भी तब बोल नहीं पाई थी । लेकिन विचलित हो कर आधा खाना छोड़ कर बाहर के दरवाज़ा के पास आकर खड़ी हो गई। और मन ही मन बातें करती रही–

"हाय राम ! मेरा बच्चा क्या बोल कर गया ? कितने बार उसे कहा कि जाते समय पर जाते नहीं कहते है। आता हूँ कहते हैं। कहाँ सुनता है ? क्या क्या काम करता है कि घर पर पल भर के लिये टिकता नहीं है।"

दादी माँ के पीछे मेरी माँ खड़ी हो कर सुन रही थी। उसने दादी माँ की बातें सुनकर भी अनसुनी हो गई। और उसने दादी माँ से पूछा -----

"माँ !यहाँ पे कोई नहीं है। किसके साथ बोल रही है ?देवर जी चले गये। उनको कहीँ बाहर जाना है। काम खत्म होते ही वापस आ जायेंगे , ऐसा देवरानी मुझे बोल रही थी। "

कुछ पल के लिये दादी माँ , मेरी माँ को देखती रही। उसके बाद में अंदर चली गई और मेरी माँ ने भी दादी जी की तरह अपने आप में बोलती रही।

"देवर जी की बातें सुनकर , सासू माँ ने दिमाग में गलत फेहमी को डाल दिया। देवर जी के घर वापस आने तक इसी तरह से बड़बड़ाती रहेगीं उन्हें समझाना बेकार होगा। "

मेरी माँ ने दादी माँ को बिना कुछ कहे भीतर चली गई। कुछ देर तक दादी माँ उसी तरह से बाहर के दरवाज़े पर खड़ी रही ,और उस समय दुःखी भी रही। माँ का दिल है। उस समय क्या वो आनेवाली अनहोनी को अंदाज़ में महसूस कर रही थी ?उनकी चेहरे की हावभाव जरूर यह कहता था की , दादी माँ कुछ गहरी सोच में डूबी हुई है।

रात के तकरीबन १० बजे थे। अचानक हमारे गाँव का एक व्यक्ति , हमारे घर के अंदर आकर मेरे चाचा को पुकारने लगा। और कहने लगा कि उनके पास कोई आपात कालीन काम है। उसी तरह उदास होते हुये दादी माँ ने उत्तर दिया –

"कुछ देर के पहले वो बाहर चला गया। "

"बेटा !वो घर पर टिकता कहाँ है जो इस घर पर तेरे साथ उसकी मुलाकात होगी। कुछ देर पहले वो घर निकल गया कहीं बाहर जाने के लिये। कहकर गया कि वो आगामी कल आयेगा। तू उससे कल मिल पायेगा। "

"दरअसल बात यह थी कि मेरे चाचा जी को ढूंढने के लिये जो व्यक्ति आये थे , वे कुछ और कहने के लिये आये थे। दादी माँ को देखकर ,वे कुछ भी कह नहीं पाये। चाचाजी के घर से चले जाने के पश्चात् उनकी बाहन का दुर्घटना हो गई। दुर्घटना होते ही उसी स्थल पर ,उसी क्षण में उनकी मृत्यु हो गई। आसपास के लोग दुर्घटना के स्थल पर कुछ आवाज़े सुनकर वहाँ पे पहुँच कर। चाचा जी को बचाने की प्रयत्न भी की थी। फिर भी सबकी प्रचेष्टा विफल हुआ था। आसपास के हमारे इलाके के लगभग सभी लोग चाचाजी को अच्छी तरह से जानते थे ,और पहचानते थे भी। इसलिये लोगों के दिलों में सदमा पहुँचा और वही खबर को अपनी ज़ुबान से कहना मुश्किल हो रहा था उन्हें। फिर भी तो कहना पड़ेगा ,सोचकर यहाँ पर आये थे।

तब मेरी माँ वहाँ पे थी। उसे यह जरूर समझमें आया कि जो हमारे घर पर चाचा जी को ढूंढते हुये आये हैं , वे कुछ और कहना चाहते हुये भी कुछ कह नहीं पा रहे हैं। जरूर कुछ बात है। क्या बात है जानने के लिये माँ ने उन्हें बाहर के दरवाज़े पर ले गई। और उनसे यह पूछा। -----

"क्या बात है ?कहिये। देवर जी तो किसी जरूरी काम के लिये बाहर चले गये। क्या मैं कुछ कर सकती हूँ ? बताइये मुझे।"

वे इतने घवराये हुये थे कि उनके हाथ पैर कांप रहे थे। होंठ हिल रहे थे। कुछ कहने के बजाय , वे रोने लगे। उनका रोना सुनकर चाची , दादी सब लोग वहाँ पे हाज़िर हो गये। उसी समय के दौरान हमारे अड़ोस पड़ोस वाले भी हमारे घर पे हाज़िर हो गये। इतने सारे लोगों को इकठे देखकर दादी जी को समझने में देर नहीं लगी कि यह लोग चाचा जी के बारे में कुछ अनहोनी की बात करने आये हैं ,जो घट चुका है। बात को बिना सुने दादी माँ बेहोश हो गई। सच्चाई तो यही रही कि , घर के पास होता हुआ मोड़ पर चाचा जी की बाहन की दुर्घटना के कारण , उसी दुर्घटना स्थल पर उनकी मृत्यु हो गई। आने जाने वालों ने उन्हें बचाने की बहुत कोशिश की। मगर कोई फायदा नहीं हुआ। यह घटना सिर्फ १० मिनट के अंतराल के भीतर घट गई।

तब हमारी चाची जी गर्भवती थी। उसी महीने में उनकी प्रसव की तारीख का ऐलान डॉक्टर ने कर दिया था। मेरी माँ के ऊपर पूरे घर की ज़िम्मेदारी आ गई थी । किन किन को मेरी माँ संभालती थी ? खुद दुःख में होते हुये भी ,अंदर ही गम को छिपा दिया और अपना कर्तव्य को निभाने लग गई। साथ में मैं एक नवजात शिशु थी। मेरी देखभाल करना माँ की प्राथमिकता थी। अपने काम के सिलसिले में मेरे पिताजी कहीं

बाहर गये थे। उन तक यह दुःखद खबर पहुँचाई गई। एक हँसते खेलते परिवार पर , दुखों का पहाड़ टूट पड़ा। कौन किसको संभाले ? जो परिस्थितियाँ सामने आकर खड़ा हो गया , वो सब ,सबके लिये समान है। ड्राइविंग में हमारे चाचा जी बड़े धुरंधर थे। रोजाना गाडी चला कर आना जाना , कई सालों से कर रहे थे। उनका कहना था कि किस महत्वपूर्ण काम से बाहर जाना है। वे एक तरह के क्रांति वीर थे। महत्वाकॉक्षी थे। इतने सारे हुनर को आगे बढ़ा रहे थे। अजव की हौसले उनके तन-बदन में भरे हुये थे। कुछ अच्छा सा कर गुजरना , उनका हर एक मकसद था। हाँ , यह सच था कि अनेक व्यक्तित्व के प्रतिभा को देखकर लोग ईर्षा भी करते थे। जहाँ पर अच्छे लोग होते हैं , वहाँ पर खलनायक भी होते हैं। इसलिये कहते हैं कि पाँच ऊंगलियां समान नहीं है। जितने लोग , उतनी ही बातें हैं। चाचा जी के पीठ के पीछे काफी आलोचना भरी बातें करते थे। हो सकता है कि उनकी चार पहिये बाहन की दुर्घटना एक आकस्मिक घटना रही होगी। या और कोई साज़िश रची गई थी ?फिर भी लोगों ने यह कहना भूले नहीं कि—--

"अरे भई ! आजतक जो इन्सान बाहन चलाने में इतना मास्टर हुआ करता था , खुद इतने सालों से बुलेट गाडी चलाता था , आजतक कुछ भी नहीं होता था , आज कैसे यह हो गया? कुछ तो बात है। "

कोई और कहने लगा था -----

"किसकी साजिस रही होगी । लोग उनसे जलते थे। उनकी तरक्की लोगों से देखी नहीं जाती थी। इसलिये उनको रास्ते से हटा दिया होगा।"

कौन किसका मुँह बंद करता था या कर सकते हैं ? प्रजातंत्र देश है , लोग कहते थे। और कहते भी हैं। और आगे लोग कहते रहेंगे। जो चाहे , कह सकते हैं। मेरे पापा जी को इस दुःखद समाचार भिजवा गया। वे आ कर हाज़िर हुये। परिवार एक ऐसे दौर में गुजर रही थी कि कौन किसको संभालेंगे , ऐसी परिस्थिति आ गई थी।

चाचा जी के गुजर जाने के दस दिन के बाद में , मेरी चाची जी ने एक बेटी को जनम दिया। बेटी घर की लक्ष्मी होती है , ऐसा दादी माँ मानती थी। फिर भी चाची जी की बेटी की आगमन को कोई जश्न का माहौल नहीं मना पाया। और चाची जी इतनी टूट चुकी थी की अपनी नवजात शिशु को चाचा जी के मौत का कारण मानती थी। इसी के कारण दादी और चाची के बीच में अकसर झगड़े हुआ करते थे। मेरी माँ बीच में पिश्ती रहती थी। कोई समझने के लिये , तैयार नहीं होती थी। आखिर में चाची जी ने यही निर्णय लिया कि वो परिवार से अलग रहेगी। मेरे पापा जी ने उसका विरोध नहीं किया। मगर दादी माँ को यह निर्णय बिल्कुल मंज़ूर नहीँ थी। उन्होंने इसकी विरोध करती रही। लेकिन पापा जी ने दादी माँ की बातें नहीं मानी थी। सब की भलाई को सामने रखकर पापा जी ने वटवारा कर दिया। कारण चाची जी की दो बेटियाँ है।

और हम भाई बहन मिलकर चार है। चाची जी नहीं चाहती थी की उनके हिस्से में जो है , वो सब हमारे कारण खर्च हो जाय। वे अपनी दोनों बेटियों को लेकर , अपनी हिस्से की जायदाद से खुश रहेगी। कारण कमाने वाले चाचा जी तो चले गये। चाची जी को परिवार से अलग होना पड़ा उनके अभीमत से। सबको दुःख तो हो रहा था। फिर भी सब लोग चुप रहे।

हमारे परिवार में सिर्फ हम चारों भाई ,बहन और माँ ,पापा जी के साथ हमारी दादी माँ थी। समय गुजरता गया और दादी माँ धीरे धीरे बीमार होती गई। चाहे जितने भी इलाज करा गया , उसमें कोई फायदा नहीं हुआ। चाचा जी के अकाल बियोग के साथ चाची जी का अलग हो जाना , उन्हें ऐसा सदमा पहुँचा कि उसे वो सहन नहीं कर पाई। कुछ महीनों के बाद में , वो हमेशा के लिये दुनियाँ को अलविदा कह गई। माँ को इतना दुःख हुआ कि उसे संभलने के लिये समय लगा। उनके सामने उनका परिवार था। उनके बच्चे थे। पापा जी एकदम से अकेले पड़ गये थे। मातृ वियोग में उनको और एक सदमा का झटका मिला। कैसे यह सब एक साथ में सहन कर लेते थे वही सोचने की बात थी ?उन्हें ठीक से दिमागी के तौर पर सही तरीके से संभल पाना आसान नहीं था। कहते हैं न कि -----

'किसके चले जाने से दुनियाँ रुकती नहीं है। हमेशा की तरह वो साधारण सी चलती रहती है। और चलती भी रहेगी।

क्यों चलती का नाम जिंदगी है। रुक गये तो क़यामत आ जायेगी। क़यामत तो आ चुकी है। इसलिये हम लोगों के लिये, माँ और पापा जी को आगे बढ़ना पड़ा।

समय किसके लिये ठहरता नहीं है। समय के साथ साथ इंसान को आगे बढ़ना पड़ता है। इसलिये सबकुछ भुलाकर , सब आगे बढ़ गये। पापा जी की कारोबार बहुत अच्छी तरह से चल रही थी घर परिवार को चलाने के लिये। हम लोगों के लिये कोई भी परेशानी नहीं थी। पापा के व्यवसायिक साझेदारे के दिमाग में क्या चलने लगा था , सिर्फ वही जानते थे।

पापा जी अपने कारोबार के साथ समय समय पर सिनेमा में काम करते थे। सिनेमा के लिये शुरू से उनकी रूची थी। इसलिये उन्होंने उसकी के सदस्यता लेकर रखी थी। जब भी उनको बुलावा आता था , वे जाते थे। कभी शहर के अंदर होते हुये स्टुडिओं में जाते थे। किंवा शहर से बाहर भी जाते थे। उस में उनको अच्छे खासे पैसे भी मिलते थे। समय हमारे लिये सही पैगाम लेकर आया था। पापा जी भी ख़ुश रहते थे। हमारे जिंदगी में ख़ुशियाँ आई थी।

एक दिन पापा जी और उनके *business partner* दोनों बैठकर गप्पे लगा रहे थे। अचानक पापा जी के *business partner* ने पापा जी को एक सुझाव दिया। और पापा जी ने उनके हाँ में हाँ मिला दिये। बस मानों हमारी बर्बादी की दास्तां

तब से लिखना शुरू हो गई थी। पापा जी बहुत सालों से सीने जगत से जुड़े हुये थे। जब अकेले होते थे तब अपने हाथों में कलम और कॉपी लेकर कुछ न कुछ लिखते रहते थे। क्या लिखते थे , उनको ही पता था। एकदिन उनकी *partner* केदार चाचा के नजर में आया , और उन्होंने पिताजी से पूछ कर जाना कि पिताजी कुछ फिल्म की स्क्रिप्ट लिख रहे हैं। उन्होंने अपनी तरफ से एक फिल्म बनाने की आग्रह जताई। फिल्म बनाना कोई आसान बात नहीं थी। उनकी बातों को सुनकर पिताजी ने हंसी में उड़ा दिये थे । उन्होने केदार चाचाजी से कहा ---

"केदार !पागलपन को छोड और दुकान पे ध्यान दे । उसी में हमारा फायदा होगा। लिखने की मेरी शौक़ है बचपन से । इसलिये मैं लिखता हूं ।"

उस दिन तो केदार चाचा ने और कुछ नहीं कहा था । लेकिन उनके दिलों दिमाग में क्या चल रहा था , कौन जाने । कुछ दिन बीत जाने के पश्चात , फिर से वही फिल्म बनाने की बात को लेकर जिद्द पर बैठ गये । उनकी जिद्द ने बाजी मार ली और पापा जी को मनाने में उन्होंने श्रेय हासिल कर ली । बहुत जोर शोर से स्क्रिप्ट पर काम चालु हो गया और अभिनेतयों और अभिनेत्रियों की चयन शूरू हो गई । सिनेमा का नाम चयन हो गया । बड़ी समस्या यह हुआ की क्या शीर्षक रखेंगे? मैं छोटी सी थी ,जब यह सब चल रहा था । न चाहते हुए भी पिताजी और केदार चाचा रात दिन फिल्म के

लिये काम कर रहे थे । पहले पहले केदार चाचा अपनी ही पूंजी लगा रहे थे । बाद में पिताजी की बारी आई फिल्म में अपनी पुंजी लगाना होगा उन्हें । पापा जी के पास जितनी पुंजी थी ,उतने काफी नहीं हुये । बात यह है कि नाना जी की और नानी जी की मेरी माँ इकलौती औलाद थी । और उनकी देहांत बहुत जल्दी हो गई थी । माँ की शादी के बाद में जितने भी जमीन जायदाद नाना जी के थे वो सब माँ के नाम पे हो गया। कारण शादी के समय माँ नाबालिक थी। और नाना जी के वसीयत के मुताबिक जब मेरी माँ बालिक होगी , तब उनके नाम हो जायेगा। तब तक नाना जी के छोटे भाई , छोटे नाना जी के तत्वावधान में रहेगी। नियमानुसार छोटे नाना जी ने मेरी नाना जी की जायदाद से जो आमदनी होती थी , उसको माँ के नाम पर पोष्ट ऑफिस में जमा करके रखते थे । पापा जी को उसके बारे में सबकुछ पता था।

उन्होंने मेरी माँ से वो जमा किये हुए रुपये को उद्धार के तौर पर मांगा ,और उन्होने माँ से यह वादा भी किया की फ़िल्म की रिलीज होने के बाद में सुध के साथ लौटा देंगे । पति पत्नी का रिश्ता जो भरोसे पर टिकता है । और मेरी माँ ने भी उसी रिश्ते की मान रखते हुए पापा जी के हाथों में अपनी जमा पूँजी को सौंप दी । पापा जी की चिन्ता दूर हो गई । उसी दौरान मेरी बडी दीदी की शादी तय हो गई । खर्च के ऊपर खर्च होता गया । एक अच्छा परिवार, अच्छा दामाद पा कर पापा जी खुश हुए थे । और माँ नहीं चाहती की ,दीदी की शादी इतनी जल्दी हो । फिर भी पापा जी के निर्णाय के सामने

माँ को झुकना पड़ा था। पापा के फिल्मी का काम के साथ साथ , दीदी की शादी की तैयारियाँ भी चलती रही ।

दीदी की शादी हो गई। और वह अपनी ससुराल में चली गई। हम बाकी भाई बहन तब पढ़ते थे। हमारा मकसद था कि हम सब जहाँ तक हो सकता है , अपनी पढाई को जारी रखेंगे और उसे पूरा करेंगे। लेकिन इंसान जो सोचता है , वो होता नहीं है। भाग्य में जो लिखा होता है , वही होता है। कहते हैं न कि कुछ अच्छा कर्म करो तो , तकदीर कुछ अच्छा नतीजा दे ही देता है। पापा की फिल्म की शूटिंग पुर्बोतर चलती रही। एकदिन केदार चाचा जी की तबियत बिगड़ गई और उन्हें हॉस्पिटल में भर्ती करना पड़ा। और कुछ दिनों की चिकित्सा पाने के उपरांत , उनके सेहत में कोई भी सुधार नजर नहीं आई। एकदिन उसी हॉस्पिटल में दिल की दौरा पड़ने से , उनका देहांत हो गया । पापा जी को बड़ा सा झटका लगा। और वे टूट सा गये। जितने भी सिनेमा के लिये शूट हुए थे , उतने ही रह गये और , आगे की शूटिंग को रोक दिया गया । पहले केदार चाचा जी का , बाद में मेरे पापा जी की जमा पूँजी सब सिनेमा के लिये लगे थे , पिक्चर पुरी होने से पहले , बन्द हो गई । सच्चाई तो यही है कि पापा जी के सामने हर एक रास्ता बन्द हो गई थी । कुछ भी उन्हे सुझा नहीं आगे चलकर क्या करेंगे । जमा पूंजी सब खत्म हो गई तो और कोई रास्ता दिखा नहीँ। बच्चों की जिमेदारी और माँ की बिमारी ने उनको हताश कर दी । फिर भी माँ मेरी असुस्थ होने के

बाबजूद निराश नहीं हुई थी । कैसे भी होने दो ,आगे जिन्दगी तो जीना है , यही कहती थी।

समय तो जरूर लगा था सब को आगे बढने के लीये । समय सबकुछ भुलाकर आगे बढने के लिये प्रेरणा देती है । पापा जी ने फिर से अपना पहले की जो पेशा था ,उसी को आगे बढाया। जिन्दगी फिर से आगे कदम बढाया । पहले की तरह दिन गुजरने लगा । मेरे लिये अचानक एक रिश्ता आया और मेरी शादी हो गई सिर्फ आठ दिन के अंदर । बीस साल के उम्र में शादी करना , मेरे लिये बड़ी उलझनों की बात रही थी। फिर भी मेरे जुबान पे ताला लग गया था। मेरे दिलों दिमाग में क्या चल रहा था , मैं ने कहने के लिये हिम्मत नहीं जुटा पाई। कहते हैं कि समय के हाथों में इंसान कठपुतली बनकर नाचता है , और अपने हाथों में कठपुतली की डोर को अपनी नियंत्रण में रखकर ऊपर वाला इंसान को अपनी ईशारे पे नचाता है। बचपन में सुना था कि जोड़ी तो ईश्वर बनाते हैं। स्वर्ग में निर्धारित होता है। सोचने में मजबूर हो गई थी। मगर सोच की नतीजे में कुछ भी नहीं निकल पाया । क्या करूँ या ना करूँ , कुछ भी तय नहीं कर पाई। जैसे कहावत था–

"चट मंगनी और पट व्याह "

मेरे लिये वही सच हो कर दिखाई दिया। हम दोनों की उम्र उतनी ज्यादा नहीं थी। मेरे पति का उम्र महज २६ साल और मेरी २१ साल रहा था। सिर्फ एक झलक देखना और कुछ पल

की मुलाकात में हमारे गुरुजनों ने हम दोनों की पूरी जिंदगी का फैसला कर लिया था। यह कैसी ग़जब इत्तेफ़ाक था ,आजतक मुझे समझ में नहीं आई। आज के समय में सोचती हूँ तो हैरान में पड़ जाती हूँ। शादी से पहले उनके परिवारवालों से पतिदेव के बारे में हो या उनके अपने परिवार के बारे में हो , कुछ सच नहीं कहा गया था। जो वो लोग कह रहे थे , कुछ सच बिल्कुल नहीं था। शादी के समय पर मेरे माता -पिता को सबकुछ सच ही लगा था जो उन्होंने कहा था । मेरे माता -पिता ने सच्चाई का पत्ता नहीं लगाये थे। न उसके लिये कोई खोज की थी। बस , सिर्फ उन्होंने सबके ऊपर अँधा विश्वास किया था। दहेज़ में मेरे सास ने जो जो माँगा था , पिताजी ने वो सब कुछ दिया था। हालांकि दहेज़ लेना और देना , कानून के नजरों में गुनाह था , है और रहेगा भी हमेशा के लिये। मैं ने इसके लिये प्रतिवाद जरूर किया था। फिर भी पिताजी ने दुनियाँदारी निभाने लिये उनकी मांग को पूरा किया था। जब मैं उस समय या उन दिनों के बारे में सोचती हूँ , तो मुझे आश्चर्य लगता है। गुड्डे गुड्डियों की शादी की तरह हमारी शादी हो गई थी। आठ दिनों के अंदर हमारी शादी तय हो गई थी , और संपन्न भी हो गई थी। शादी से पहले ना कुंडली मिलाई गई थी या मुझसे कोई मेरी रजामन्दी पूछा था । बस , मता पिताजी ने अपनी सहमत चलाई ,और शादी की तैयारी में लगगये थे । मुझे यह भी तो पता नहीं था की शादी का मतलब होता है क्या ?मेरी सहेलियों की ओर से कई पहल हुई थी । मगर वह सब सुनने के लिये मुझे अच्छा नहीं लगा

था। मैं ने उन्हे यही कहा था ,आज भी मुझे अच्छी तरह से याद है ।

"तुम लोगों को कोई और नहीं सुझता है क्या ?कुछ और बात करो ना ।"

जिस दिन मुझ से मिलनके लिये मेरे होनेवाले पति हमारे घर पर आये थे ,तब मुझे पता चला की मेरी शादी की तैयारियाँ चल रही है । मुझे ना आश्चर्य हुई ना झटका लगा । क्योंकि मैं इन सब से कहीं दूर थी। मेरी उम्र जो भी था वो सिर्फ़ पढ़ाई करने की उम्र थी। पढाई करने की उम्र में शादी ?कहीं मेरे साथ ज्यादती तो नहीं हो रही है। कच्ची उम्र में इतनी बड़ी बात घटने जा रही थी मेरे साथ , ना मैं कोई प्रतिक्रिया जता पा रही थी। न मुझे कुछ भी फर्क पड़ता था। आम दिनों की तरह मैं अपने आप में मशगूल रहती थी। मेरे साथी सहेलियाँ मेरी शादी को लेकर मुझ से हँसी मज्जाक करके , छेडने में माहिर होती थी। आपस में खिलखिलाकर हँसती थी। पता नहीं क्यों मेरे दिलों दिमाग में कुछ भी प्रतिक्रिया नहीं सुझते थे। मुझे चीढ़ आती थी। और मैं उन्हे गुस्से से बोल देती थी।-

"क्यों हमेशा खीं खीं होकर हँसती रहती हो ?कुछ काम धंधा नहीँ है क्या ?"

मजाकिया अन्दाज़ में सहेलियाँ उत्तर करती थी ——---

"क्यों बेवजह गुस्सा होती है ?तू हमारे बीच में से हमेशा के लिये चली जायेगी। हमें कितना दुःख होगा , तुझे कुछ अंदाजा है क्या ?इसीलिये हमलोग इसी तरह से बात कर रहे हैं। तुझे दुःखी देखकर तेरी ख़ुशी के लिये हम तेरे पास आते हैं। और तू है कि कोई भी प्रतिक्रिया नहीं दे रही है।"

इसी बात पर मैं उनसे नाराज़ हो जाती थी ,और बिना कुछ कहे उनसे दूर चली जाती थी। शादी करने की कल्पना में लड़कियाँ कितनी उत्साहित होती है , मैं ने ख़ुद अपने आँखों में देखा है। फ़िर भी मुझे वो अनुभव नहीँ हो रहा था। क्यों नहीँ हो रहा था ,मैं नहीँ बता सकती हूँ। शायद उस समय मैं शादी करना नहीँ चाहती थी। इसलिए कुछ भी मेहसुस नहीँ कर पाती थी।

बचपन की साथी सहेलियाँ जब दूर हो जाते हैं ,तो दुःख तो होता है। इसलिए मेरी सहेलियाँ मुझे देखकर दुःखी होती थी। दिन गिनते ही बहुत कम बचे थे मेरी शादी को । और काम करने के लिए बहुत था। सब काम देखने के लिए अकेले मेरे पिताजी ही थे। उनका हाथ बटानेवाला कोई नहीं था। जल्दबाज़ी में सब कुछ हो रहा था। पिताजी के साथ माँ की भाग दौड़ कुछ कम नहीँ था। देखते देखते शादी का दिन आ गया। मेरे होनेवाले दूल्हे राजा बाराती लेकर हमारे घर पे आ गये थे । आजकल की जिस तरह से हर एक सुबिधा के साथ शादी की समारोह का आयोजन किया जाता है , तब ऐसा कुछ सुबिधा नहीँ होने के कारण, लोग अपने घर के बाहर के

आँगन में शादी के लिए मंडप बांधकर शादी कराते थे। साधारणत: दुल्हा दुलहन के घर पर बाराती लेकर आता था पारंपरिक बाद्यबृंद के साथ।

मेरी माँ ने अपने हिसाब से काफ़ी रश्में रिवाज़ों को निभानेकी कोशिश की थी। और पूर्ण भी किया था। अपने रिश्तेदारों और भाई बंधू के उपस्थिति में मेरी शादी हो गई। और मुझे मेरी ससुराल के लिए बिदाई कराने की घड़ी आ गई थी । सब लोगों ने रोते रोते मुझे बिदा की थी। लेकिन वो आँसूं ख़ुशी के थे। लेकिन मेरे आँखों में से एक भी बून्द आँसू नहीँ निकली थी । सब लोग हैरान थे। यही सोचकर कि —-

“यह लड़की हमेशा के लिए मायका छोड़कर जा रही है फिर भी कोई प्रतिक्रिया नहीँ जता रही है। रोना तो बहुत दूर की बात रही। ”

सच तो यही था कि मुझ पर कोई असर नहीँ होता था। ना सुखका ना दुःखका। तो मैं क्या प्रतिक्रिया जताती थी। मेरी इच्छा के बिरुद्ध में सब कुछ होता था। शादी का निर्णय लेने से पहले , कोई भी मेरी रजामंदी का बिचार नहीँ किया था। कई बार माँ से कहने के लिए कोशिश करके भी बिफल रही। इसलिए चुप रह गई। मेरी बिदाई हो गई और मैं मायके की बेटी ससुराल की बहू बनकर नई दुल्हन के रूप में अपने पिया के साथ ससुराल के देहलीज पर पहुँच गई। अगर मुझे

इस शादी के लिए कोई पूछा नहीँ था तो क्या हुआ ,एक नया अनुभव हुआ था। बचपन में सुना था ---

"मायके की बेटी ससुराल में गृहलक्ष्मी बनकर जाती है और उसका स्वागत उसी रूप में की जाती है।"

घर की या ससुराल की गृहलक्ष्मी हूँ कि नहीँ , मुझे पता ही नहीं था। मुझे पढ़ाई को जारी रखना था। मग़र बड़ों के आगे मैं झुक गई। ससुराल में देखने को जाओ तो बहुत बड़ा परिवार रहा। पाँच भाई , चार बहने मिलकर कूल ग्यारह सदस्यों का परिवार था । ससुराल का घर समझो तो चार कमरे वाली एक कच्चा मकान है। लकड़ी के चूल्हे पर खाना पकता है। पूरे घरपर चूल्हे की धुआँ घुमता रहता है। मैं शाकाहारी रही , और ससुराल में सब माँसाहारी लोग रहे। दैनंदिन घर पर कुछ ना कुछ मांसाहारी खाना पकता था। इसके सिवाय उनलोगों का खाना , होता नहीँ था।

एक थाली में बैठकर सब खाते थे। जो मुझे पसंद नहीँ था। हमारे घर पर हम सब खाना खाने में इकट्ठे बैठते थे। लेकिन एक ही प्लेट में नहीँ। अलग अलग प्लेट में। घर की साफ़ सफ़ाई ना के बराबर है। घर पर अनेक लोग होने के कारण सही ढंग से साफ़ सफ़ाई होना मुश्किल होता था। मांसाहारी खाना बनने के कारण , सब के साथ और सामने बैठकर खाना खाना मेरे लिए एक समस्या जैसे खड़ी हो गई थी । मेरे लिए अलग़ सा खाना बनना संभव नहीँ होता था। काफ़ी समय मुझे

भूखी रहना पड़ता था। मैं क्या करूँ या ना करूँ कुछ समझमें नहीँ आती थी। यही बात मैं ने मेरे पति के सामने कहा। कबतक मैं इस तरह से भूखी रहकर जीऊँगी ?यही सवाल उठा मेरे दिमाग में। तब मेरे पति ने मुझे कहा —

"तू दो चार दिन सब्र कर ले। हम को यहाँ से चले जाना है। मेरे लिए छुट्टी बहुत कम बचा है।"

वही तो दो चार दिन सब्र करना मेरे लिए मुश्किल हो रहा था। बिना खाये पिए , कैसे मैं रहूँ? मेरे लिए किसको फ़िक्र नहीँ थी। सब अपने अपने मनमानी से रहते थे। देखने को जाओ तो बहुत बड़ा परिवार है। मग़र आपस में परिवार में किसके साथ किसका तालमेल नहीँ होता था । मेरे पति ने मेरे बारे में क्या क्या सोचा मुझे पता नहीँ। लेकिन रोज़ रात को सब से छुपाकर मेरे लिए कुछ ना कुछ खानेको ले आते थे। और मुझे कहते थे —

"इसे खा ले।"

मुझे भूख लगती थी और मैं खा लेती थी। दो दिनों के बाद में मैं और मेरे पति ,उनके कर्मक्षेत्र के लिए रवाना हो गए। साथ में कुछ भी लेकर हम नहीं आ पाये थे। कारण मेरे पिताजी ने जितने भी सामान या रुपये दिए थे ,सब मेरे सास ने रख लिया यही कहकर कि , यह सब मेरी बेटी के लिए हैं। उन्हें कुछ कह पाना मेरे बस में था ही नहीँ। जब इसके बारे

में मेरे पति कुछ कहते नहीँ है तो , मेरा कहना सही नहीँ होगा ,सोचकर मैं चुप रह गई।

संसार का नियम यही कहता है कि पति पत्नी जब शादी के बंधन में बंध जाते हैं , तो उस दिन से उनकी जिंदगी एक नई दिशा की ओर मुड़ता है। और दोनों मिलकर अपना परिवार बनाते हैं। इंसान जन्म होकर माँ के आँचल के नीचे पल कर बड़ा होता है। संस्कार पाता है। अपनी शिक्षा हासिल करता है। अपने पैर खड़ा होता है । तब उसकी यौवन का समय आता है। शरीर के विकाश के साथ साथ , मस्तिष्क का भी विकाश होता है। तब उसका सोच बिचार और भावना एक अलग़ परिस्थिती का सामना करता है। कई जरूरते आकर सामने खड़े हो जाते हैं। तब उसे एक साथी की जरूरत होती है। एक हमसफ़र की उसके जिंदगी में चाहत रहता है। कारण शारीरिक और मानसिक जरूरतें को देखकर वो शादी के बंधन में बंध जाता है। और तब से उसका जीवन सांसारिक बंधन में बंधकर अपना परिवार बनाकर आगे बढ़ता जाता है। और यह समय लगभग सबके जिंदगी में आता है। और हम ने उसी संसार के बंधन में बंधकर , आगे परिवार के बंधन में बंध गये थे , अपना परिवार बनाने के लिये। सात वचन और सात बन्धनों में बंध कर साथ साथ चलते रहें । उसमें कई नए रिश्ते बनते हैं। उन्हें निभाते हुये आगे बढ़ जाने में परिवार एक दूसरे के साथ जुड़ा रहता हैं। चाहे पास रहे या दूर , एक दूसरे के साथ प्यार में बंधते हैं। हमें भी वही करना पड़ा था। इसलिए मैं ने पति के परिवार के बारे में

अपने पति से कुछ नहीँ कहती थी। आख़िरी में सब एक परिवार तो है।

ससुराल से निकल कर पति के साथ में , अपने हाथों में दो सुटकेश पकड़ कर , मैं पहुँच गई शहर में। शहर की आवो हवा मेरे लिए कोई अनजान नहीँ था। इसलिए मुझे कोई दिकते नहीँ हुये रहने में। तब हमारे हाथ में कुछ भी नहीँ था। पति का पगार क्या है , मैं ने पूछा नहीँ था। मग़र पति को जो भी मिलते थे , हमारे लिए काफ़ी नहीँ होते थे। मेरे हाथो में पति के ओर से घर खर्च करने के लिए पैसे तो मिलते थे। मगर उतने नहीँ होते थे जितने की होना चाहिए । कोशिश कर रही थी कि कैसे भी मेरी ओर से कोई शिकायत ना हो ।

कभी मैं ने और कुछ मांग कर के अपने पति के सामने कोई जीद कर के कुछ नहीँ कहती थी । अगर उन्होंने अपने मन से मेरे लिए कुछ ले आए तो ठीक है । वर्ना मैं खुद पैसे खर्च कर के लेती नहीं थी मेरे लिए ।

एक दिन मुझे मेरी पड़ोसन ने मुझे एक चित्रकला की प्रदर्शनी दिखाने ले गई थी। वो प्रदर्शनी उनके पतिदेव के स्वयं अंकित किया गया चित्र कलायें रही थी। बड़े सुंदर सुंदर चित्रकलायें रहे थे। अनेक चित्रकला के प्रेमी वहाँ पर दर्शक बनकर आये थे। बहुमूल्य देकर वो चित्रकला को ख़रीद कर रहे थे।

उनसब चित्रकलायों को देखकर मुझे बहुत अच्छा लगा। मैं ने सोचा था कि औरों की तरह मैं भी एक चित्रकला को खरीदूँ। उसे लाकर मैं अपने घर के दीवार पर टांगकर रखूँ। और उसे सुबह से शाम देखती रहूँ। मग़र अफ़सोस मेरे पास उतने रुपये नहीं थे। इसीके कारण मैं ने उन चित्र कलायों में से एक भी ख़रीद नहीँ कर पाई थी।

उस दिन मुझे बहुत दुःख हुआ था। और मैं सोचती थी रही कि कैसे मैं अपनी कमाई का साधन खोज करूँ ? चित्रकला को देखकर मुझे एक बात याद आई। बचपन में मैं ने कुछ चित्रकला की तालीम हासिल की थी। उसे इस्तेमाल करके मैं खुद के लिये कमाई कर पाऊँ। मग़र मेरे पास कोई तजुर्बा नहीँ था। किसीको भी मैं वहाँ पर जानती नहीँ थी। रंग , कनभैस और ब्रस ख़रीद करने के लिये मेरे पास पैसे नहीँ थे। मैं अपनी चित्रकला का काम शुरू करूँ तो कैसे करूँ ?

पति के सामने यह बात मैं नहीं करना चाहती थी। मग़र मैं मेरे दिल में उभरते हुये ख्वाहिशों को दवाकर नहीँ रख पाती थी। शुरू शुरू से पतिदेव का प्यार मेरे लिए क्या था , वो सब दिखाई देता था। मेरे लिए वे फिक्रमंद होते थे। साथ में लेकर छुटी के दिन में घूमने जाते थे। उनका मेरे प्रति झुकाव को मैं प्यार समझ बैठा था। उनके लिए मैं तरह तरह के व्यंजन बनाती थी। वे बड़े चाव से खाते थे। एक दिन पता नहीँ है , किसलिए उनका मुड़ ख़राब था। उनके चेहरे से पता चल ही जाता था। मुझे समझ में नहीँ आ रही थी कि उन्हें हुआ क्या ?

उन्हें क्या परेशानी है। उनको मैं ने पूछा तो उनकी ओर से सिर्फ ख़ामोशी दिखाई दी थी। ज्यादा ज़िद करके पूछना ग़लत होगा सोचकर , मैं चुप हो गई थी। जबतक एक इंसान अपनी परेशानी को बाँटना नहीँ चाहेगा , तबतक बाध्यता करना सही नहीँ है। फ़िर भी पति और पत्नी के बीच में कोई भी परेशानी किसी अकेले का नहीँ होता है। सब कुछ पारदर्शिता होना चाहिए। यह बात मैं समझती थी। मग़र मेरे पतिदेव कहाँ समझते थे ? बस शुरू से वे गुस्से वाले थे। और अब उनका गुस्सा कम होने का नाम नहीँ लेता है। ऐसे में कौन क्या कर सकता है ? घर पे तनाव ना हो ,और क्लेश कलह ना हो , यही मैं चाहती थी। इसलिए चुप रहना बेहत्तर है मानकर , मेरी जुबान को मैं नहीँ खोलती थी। मग़र एक ऐसे वातावरण में खामोश होकर कबतक इंसान रह पायेगा ? एक दिन बंद रही जुबान पे शब्द तो आ ही जाता है। मेरे साथ भी वही हुआ। एक दिन मैं ने उनकी दिल की बात को जानने को कोशिश की थी । पतिके सुख हो या दुःख हो ,सबकुछ जानना ,पत्नी का फ़र्ज होता है। मगर कोशिश करके भी उन्होंने मुझे कुछ भी नहीँ कहा। सिर्फ़ ख़ामोश रहने के अलावा। फ़िर मैं ने आगे कुछ नहीँ कहा उनसे।

एकदिन पतिदेव जब दप्तर के लिए घर से निकल गये , तब मैं घर के अंदर कुछ कर रही थी। तब किसीने दरवाज़े पर दस्तक दी। मैं ने सोचा —-

"अभी अभी तो ये दप्तर के लिए रवाना हुये हैं। फिर लौटकर आनेका कारण क्या है ? क्या कुछ भूल गये हैं ?"

इसी सोचमें रहकर जब मैं ने बाहर का दरवाज़ा खोला , तब एक महिला को वहाँ खड़ी हुई पाया। वो मेरे लिए अजनवी थी। और वो मेरे लिए अनजान थी। कोई किसीको पहचानते नहीँ थे। मैं ने उससे पूछा —-

"कहिये , कौन चाहिए आपको ?मैं आपके लिए क्या कर सकती हूँ ?"

तब उसने मुझे पूछा–

"क्या मैं अंदर आ सकती हूँ ?"

बचपन से मैं सुनती आई हूँ कि —

'किसी अनजान व्यक्ति से सोच समझकर बात करना। और उनको अपने घर के अंदर कभी मत लेना। खास करके जब तुम घर पर अकेले हो ?"

तब मैं ने उसे कहा —-

"ये तो कोई बात नहीँ हुई। मैं ने आपको सवाल पूछा। और मेरे सवाल का जवाब दिये बिना सवाल पूछ रही हो। आप मेरे

लिए अनजान होने के कारण , मैं मेरे घर के अंदर आपको नहीँ लूँगी। जो कहना है , यहीँ पर कहो। वर्ना आप जा सकती हो ?"

मेरे कहने पर भी वो महिला मेरे दरवाज़े से हटी नहीँ थी। ज़िद करके खड़ी रही मुझ से बात करने के लिए। मैं ने भी ज़िद की किसी अनजान से मैं बात करना नहीँ चाहती हूँ। फ़िर भी उसने सुना नहीँ। मैं उसे गुस्सा करके दरवाजे को अंदर से बंद कर दिया। कुछ समय के बाद में मुझे कुछ सामान ख़रीद करने के लिए बाज़ार में जाना था। इसलिए मैं तैयार होकर निकली। जब मैं ने बाहर का दरवाजा खोला , तब भी वो औरत वहीँ पर यूँही खड़ी है ,देखा। मुझे हैरानी हुई। सोचने लगी थी —--

"मान ना मान। मैं तेरा मेहमान। यह कैसी जबर्दस्ती है ? तब से खड़ी है। अबतक जानेका नाम तक नहीँ लेती है। इसका ईरादा क्या है ?"

मैं दरवाजे को ताला बंद करते हुये कहा —--

"अरे मैडम ! आप अबतक यहीँ पे खड़ी हो ? जब मैं ने कहा कि आपकी और मेरी कोई परिचय हुआ नहीँ है अबतक , ना पहले से कोई जान पहचान है। तो आप क्योँ ज़िद करके खड़ी हो ? कुछ भी फ़ायदा नहीँ होगा। मैं अब बाहर जा रही हूँ।

मेरे पीछे पीछे आकर कहने लगी –

"सुनिए ! मुझे आपसे कुछ कहना है। यह आम रास्ता है। यहाँ पर खड़े होकर तो हम बात कर सकते हैं ?"

तब मैं ने सोचा –

"एक बार सुन तो लूँ , कि यह क्या कहना चाहती है ?"

वहींपर सड़क के किनारे पर मैं खड़ी होकर कहा –

"कहो , क्या कहना चाहती हो ? मेरे पास ज़्यादा समय नहीँ है। मुझे किसी जरूरी काम से बाहर जाना है।"

तब वो वहीँ पर खड़ी हो गई , और बोली –

"मुझे कुछ अन्यथा मत समझना। मैं जो कहूँगी , उसे जरूर समझना। उसके बाद में , मैं जरूर चली जाऊँगी। आप को परेशान नहीँ करूँगी।"

सामने एक पार्क दिखाई दिया मुझे । वहाँ पर मैं और वो महिला जाकर एक कुर्सी के ऊपर बैठ गये। उसने मुझ से कुछ सवाल पूछना चाहा। तब मैं ने उसे कहा —

"मैडम ! जो कहनेके लिए इतने मेहनत करके मेंरे पास आई हो , उसे ही कहो। ना तुम्हारे सवालों का जवाब देना मैं चाहती हूँ या ज़वाब देने में मुझे कोई वाध्यता कर सकता है। "

मैं ने जो भी कहा , सब सच तो है। एक अनजान या बिना पहचान वाला व्यक्ति से कुछ सुनने के लिए , मैं यहाँ पर आई हूँ इसके अनुरोध पर। वो सब कहे बिना यह मुझ से सवाल पूछे जा रही है। उसे समझमें आया कि वो जो चाहेगी , मैं वही सब करूँगी। वो तो मुझ से कोई करा नहीँ पायेगा। कारण मेरा स्वभाव सबसे अलग है। ना मैं किसीसे इतनी जल्दी भरोसा करती हूँ , या किसीसे इतनी जल्दी दोस्ती करती हूँ। मेंरे बोलने पर , वो समझ गई कि मेंरे साथ सोच समझकर बोलना पड़ेगा उसे। अबतक वो ख़ुद तय नहीँ कर पाई कि वो मुझ से क्या कहना चाहती है।

सीधे तरीके से ना कहकर उसने बातों को घुमाफिरा कर कहना चालू किया तो मुझे गुस्सा आई। और मैं ने चिढ़कर उसे कहा——-

"मैडम ! पहले से मैं ने आपको कह दिया था कि ,जो कहना है , मुझे साफ़ साफ़ कहो। मेंरे पास वक़्त नहीँ है इसी तरह बकवास को सुनकर मैं आपके साथ वक़्त का जाया करूँ। वर्ना मैं चलती हूँ। आप मेंरे पास कौन से हक़ से आकर , मुझे रोककर बकवास करते रहो। और मैं सुनती रहूँ ?"

तब वो नवयुवती ने मुझे *sorry* कहकर बातको आगे बढ़ाई। उसने जिस तरह से बात करने लगी मुझ से , इतना समझमें आई कि , वो किसी से प्यार करती थी। और आज भी करती है। उस का प्यार एक तरफ़ा नहीँ है। ना कभी एक तरफ़ा प्यार हुआ था। प्यार तो दोनों तरफ़ की बरा बरी का था। दोनों ने प्यार से आग बढ़कर शादी करना चाहते थे। मगर किसीके घरवालों ने इसकी इजाज़त नहीँ दी थी। मज़बूरी में वो यानि कि अनिला (उसका नाम अनिला है , वही महिला ने मुझे बताई थी।) और उसका बॉयफ्रेंड का नाम अमन है। घरवालों का फैसला ना अमन को या अनिला को पसंद था। फीर भी दोनों खुद के लिए कुछ नहीँ कर पाते थे। आगे और कुछ कदम उठाते थे या नहीँ , घरवालों का इज्जत का ख्याल दोनों को आने से , दोनों को पीछे हटना पड़ा था मजबूरी से। कुछ दिनों के पहले अनिला को मालुम पड़ा कि अमन की शादी हो चुकी है। और वो अपने पत्नी के साथ यहाँ पे आकर रहा रहा है। कई बार अनिला ने अमन के साथ बात करने की कोशिश की थी । लेकिन अमन उससे दूर जाना पसंद किये थे । ऐसे में अनिला को क्या करना चाहिए था ?

जब अनिला मेरे सामने यह सब बोल रही थी , तब मुझे कुछ भी सुझ नहीँ रहा था। मुझे समझमें नहीँ आ रहा था किआनीला मेरे सामने क्यों यह सब कह रही है। यह सब में मेरा क्या बास्ता है ? तब मैं भूल गई थी कि अनिला बार बार अमन के नाम से संबोधन कर रही थी। और अमन मेरे पति का नाम है। अचानक मैं ने सोचा —-

"अमन तो इनका नाम है। इसलिए मुझे यह सब कहने के लिए अनिला ने यहाँतक पहुँचकर, मुझे यह सब बताया। हो सकता है कि , अनिला को अमन प्यार करते थे हमारी शादी से पहले। और किसी कारण से न दोनों की शादी नहीं हो पाई होगी और दोनों एक दूसरे से जुदा हो गये होंगे। और जब अनिला को पता चला होगा कि अमन ने मुझ से शादी कर लिया है , इसलिए वो मुझ से यही बात कहनेके लिए आई है। मगर यह बात मुझे कहनेका मतलब क्या रही है। "

तब मैं ने अनिला से आश्चर्य होकर पूछा —-

"बार बार तुम अमन का नाम ले रही हो ?यह अमन कौन है ?और मेरे पतिका नाम भी अमन है। तो क्या तुम मेरे पति से प्यार करती थी ?"

तब अनिला ने बड़े दावे के साथ कहा—

"जी हाँ ,वर्ना इतने समय से मैं आपसे क्यों बात करूँगी ? आपको बताना मेरा मक़सद था। इसलिए मैं ने आपको बता दिया। आगे दो प्यार करनेवालों को मिलानेके लिए आप क्या कर सकती हो ?वो सिर्फ़ आप कर सकती हो। "

मैं ने मेरी गुस्से को काबू में नहीं कर पाई। और उठकर खड़ी हो गई। फ़िर मैं ने अनिला से कहा —

"मैं आपकी बात को समझकर भी नासमझ रही हूँ। इस मामले में मैं कुछ नहीँ कर पाऊँगी।

इसमें मैं आपको एक बात बताऊँगी कि —-

"प्यार करके भी प्यार को हासिल ना कर पाना , या आपका प्यार आपको ना मिलना , यह आपकी रूठी हुई तक़दीर है। मैं मेरे बसे बसाया घर को क्यों उजाड़ूँगी ? और कौनसे मक़सद से मेरे पास आकर इतना तमाशा किया ? क्या सोचकर मेरे पास आई थी ?"

मुझसे और कुछ पूछनेवाली थी वो। मैं ने उसे झट से कहा—

"ना ना। मैं ने पहले से ही कहा—सवाल मत पूछना। मैं उत्तर नहीँ दूँगी। "

उस दिन मैं पार्क से घर पे आ गई। और कहीँ पे जानेका मन नहीँ किया। मेरे दिलों दिमाग़ में अनेक सवाल उभर कर, तांडव करने लगे। सबकुछ गोलमाल होने लगा। –

"क्या यही कारण है कि अमन हमेशा खोये खोये से रहते हैं ? या उनका स्वभाव वही है जो वो मेरे सामने दिखाते हैं ? हमारे शादी को पूरे छह महीने होने आई है। अमन ने कभी यह मुझ से नहीं बताया कि वे किसी अनिला नामकी लड़की

से प्यार करते थे या अभी भी कर रहे हैं। यह मुझे पता नहीँ है। शायद अपने बिछड़े हुये प्यार के बारे में बताना , उन्हें अच्छा नहीँ लगता होगा। फ़िर भी मुझे सच्चाई जानना है कैसे भी। "

यह बात भी सच है कि अमन की और मेरी शादी को तकरीबन एक साल होने आई है। अगर आज़तक अमनने मेरे सामने उनके अतीत के बारे में कुछ बताया नहीँ तो क्या हुआ? उनकी हावभाव से पता चलता है कि —

"कुछ तो गड़बड़ है। "

पहले मझे उनकी स्वभाव को लेकर कोई भी संदेह नहीँ होता था। मैं सोचती थी कि अमन की स्वभाव शुरू से गंभीर है। बहुत काम बात करते हैं। हमेशा गुमसुम सा रहते हैं।

जब मैं ने अनिला से दोनों की प्रेमप्रसंग के बारे में सुना , तब से कुछ कुछ अनकही बातें मेरे दिलों दिमाग़ में उभरने लगे। और उनसब को जानने के लिए मेरी प्रवल ईच्छा हुई। मैं चुपचाप होकर घर पर वापस आ गई। वास्तव में सच्चाई क्या है , मुझे कौन बतायेगा ? अगर अमन के मर्जी के ख़िलाफ़, उनके परिवारवालों की दबाव में आकर , उनको मुझसे शादी करनी पड़ी होगी तो , मुझे यूँही चुप होकर बैठना नहीँ चाहिये। घर पर बैठ बैठ कर कुछ तो उपाय सोचने लगी। यह बात मैं अमन से कैसे पुछूँगी ?

शादी का रिश्ता तो ईश्वर बनाते हैं। फ़िर मेरी शादी ग़लत कैसे हो सकती है ? अग़र अमन का दिल नहीँ था मुझ से शादी करनेके लिये तो , शादी करने के लिए ,अपने माता - पिता से सीधे सीधे मना कर देते होते थे कि —-

"मुझे यह शादी नहीँ करनी है।"

हमारे घर गये थे मुझ से मिलने के लिये। मुझ से मिले। मेरे साथ काफ़ी बातचीत किये। उसके बाद में अपनी राय सबको सुनाई। बाद में बड़ों ने अमन की रजामंदी से शादी रचाई। अग़र उनको किसी से प्यार था तो , खुद खुलकर बता भी देते थे कि —

"मुझे और किसी से शादी करनी है , जिसे मैं चाहता हूँ।"

तब उनके घरवाले अपनी राय में क्या कहते थे , वो भी अमन को पता चल जाता था। जब कुछ बोलना था , तब उन्होंने अपना मुँह बंद कर लिया। अब कुछ नहीँ बोलना है , फिर भी यह सवाल क्यों उठ रही है ? अगर अनिला अमन से नहीँ मिली तो , उसकी हिम्मत कैसे होती थी मुझ से यह बात कहनेके लिये ? जरूर कुछ तो बात है। वर्ना उसकी हिम्मत ऐसी नहीँ होती थी यह बात करनेके लिए।

इन सबके बीच में , मेरा क्या कसूर है ? मैं क्यों हर एक बात में परेशान रहूँ ? मैं ने तो कोई गड़बड़ नहीँ की थी। फ़िर

भी अगर यह बात सामने आई गई तो , मुझे जड़तक जानना चाहिये। मुझे सच्चाई को सामने लेकर आना चाहिये। अगर मैं यही कर नहीँ पाई तो , मेरा परिचय क्या होगा ? मेरे पति अमन के नज़रों में मेरी औदा क्या है ?या अनिला ने जो कहा, वो सिर्फ़ एक मनगढ़न किस्सा था ? कौन सचा और कौन झूठा इसके लिए मुझे शोध करना पड़ेगा। घर पर यूँही सोच सोचकर बैठ रहना मुझे ,अच्छा नहीँ लगा। मेरा मन कहीँ भटक रहा था। घर पर अकेले बैठे रहना मेरे लिए मुश्किल हो रहा था। समय बीताने के मैं ने घर के सारे सामान को उलटा पुलटा करके साफ़ करने लगी।

सामने अमन का एक जूना सुटकेश था । कई बार मैं ने उसे साफ़ करने के लिए प्रयत्न किया था। हमारी शादी को इतने समय बीत जानेके बाबजूद , मैं ने कभी भी देखनेको कोई कोशिश नहीँ की थी कि इस सुटकेश में क्या रखा है। सच तो यही है कि। , शादी के बाद में दोनों पति -पत्नी दोनों अपनी अपनी कोई भी बात को , एक दूसरे से गुप्त रखना नहीँ चाहिए। दोनों में अच्छी समझ है , तो समझदारी से काम करेंगे। कोई भी तकरार नहीँ होगी क्योंकि पति-पत्नीका रिश्ता भरोसे पर टिकता है। यही सच है। दोनों को यह बात समझ लेना चाहिए।

एकदिन अमन ने मुझे कहा था कि उनके सामान वे खुद साफ़ करेंगे। मुझे नहीँ करना है। तब मेरे दिलों दिमाग में यह नहीँ आया था कि अमन ने मुझे ऐसा क्यों कहा था। पूरे दिन

मैं घर पर रहती हूँ। मेरे पास समय ही समय है। मैं साफ़ सफाई का काम कर सकती हूँ। घर सम्भालने का काम तो मेरा है। तब मेरे दिल में अमन के प्रति कोई संदेह पैदा नहीँ हुआ था। पति-पत्नी दोनों के बीच में कोई तीसरा अगर पाँव पसारने की कोशिश करेगा या करेगी तो दिलों दिमाग़ में संदेह पैदा होता है। मेरे लिए भी वही समय आया था। और मैं नाजाने क्या क्या सोचकर परेशान हो रही थी। मुझे कुछ भी अच्छा नहीँ लग रहा था। मुझे बेचैनी सी अनुभव हो रही थी। मेरे सामने अमन के वो जूना अलुमिनियम सुटकेश पड़ा था। और मैं उसे कभी नहीँ साफ़ किया था। मगर उस दिन मेरा दिल बार बार यही कह रहा था कि मैं उस सुटकेश को खोलकर देखूँ ,और उसे साफ़ करूँ। उसमें क्या है मैं जानूँ। मेरी नजरें वहीँ पर बार बार जा रही थी। इसलिए मैं आगे और ना सोचते हुये , उस सुटकेश को खोलकर देखने लगी। पता नहीँ है क्यों ?मुझे लगता था कि मैं जो जानना चाहती हूँ ,मुझे इसी सुटकेश के अंदर से कुछ मिलेगा और मुझे मेरे सवालों का ज़वाब मिलेगा।

मैं ने बिना सोचे सुटकेश को खोला। और उसमें क्या क्या है ,देखने लगा। कपड़े तो ज़्यादा कुछ नहीँ थे। मग़र ढ़ेर सारे खत पड़े थे। और वो सब अनिला ने अमन को लिखी थी। दोनों की जोड़ी में एक तस्वीर भी थी उसमें । उस खत में क्या क्या लिखा हुआ था , वो भी समझना मेरे लिए कठीन था। कई शब्दों का अर्थ समझना मेरे लिए मुश्किल हो रहा था। बार बार पढने के बाद में मुझे , यकीन हुआ कि उसमें ज़्यादा कोड

शब्द थे। उनसब का अर्थ क्या होता था या होगा मुझे समझमें नहीँ आया। ना कभी मैं जाननेके लिए कोशिश किया था ।

हाँ , उसमें से मुझे एक डायरी मिली। उसके बाद में मैं ने सुटकेश को बंदकर के एक कुर्सी पर बैठकर धीरज के साथ में डायरी को पढ़ने लगी ।

प्रथम पन्ना

आज एक अंजान लड़की से मुलाकात हुई। मैं ने उसकी तरफ़ देखा तो वो मेरी और देखकर हँसने लगी। तो उसे मैं ने एक छोटी सी मुस्कुराहट के साथ संबोधन कर दिया। उसे लगा कि मैं उसकी और आकर्षित हुआ हूँ। मग़र मेरे दिलों दिमागमें और कुछ अन्यथा भावनायें नहीँ थी। बस एक मुस्कुराहट के बदले में एक मुस्कुराहट दे दिया था एक *courtsy* के लिए। बस और कुछ भी नहीं है।

द्वितीय पन्ना

पूरे आठ दिन दिन के बाद में ,पुनर्वार मिली। जँहा पर पहले हम दोनों की मुलाकात हुई थी, उसने मुझे देखकर "हाय "किया। इसलिए मुझे उसको "हैलो "बोलकर संबोधन करना पड़ा। धीरे धीरे आगे चलकर अपना परिचय अच्छे तरह से होने से , हमारा मिलना , जुलना नियमीत रूप से बढ़ता गया। दोनों के दिलों दिमाग़ में एक दूसरें के प्रति,

आकृष्ट होते गए। इसलिए हमारा मिलने का बहाना था। वही आकर्षण में हम एक दूसरे के प्रति खींचते गये। बाकी सब ईश्वर के हाथ में था। मिलना जुलना चलता रहा , तो धीरे धीरे एक दूसरे प्यार करते गये। प्यार तो हो गया। मग़र नतीज़ा आगे क्या आयेगा ,हमें पता नहीँ था। दोनों परिवार के और से स्वीकृति हमें मिलेगी या नहीँ , हमें पता नहीँ था। कहते हैं कि—

"प्यार अँधा होता है। ना आगे देखता है , पीछे देखता है। सिर्फ़ प्यार ही दिखता है।"

तीसरा पन्ना

हमारा मिलने का सिलसिला ऐसे ही चलता रहा। सुबह से शाम तक अपने दैनिक कार्यसूची में , हम व्यस्त हो जाते थे। शाम को पांच बजते है जब , हम मिलने के लिए , बेचैन हो जाते थे। मिलनेके लिए एक निर्दिष्ट स्थान होता था हमारे लिए। सबसे नजरें चुराकर हम दोनों मिलते थे। घंटों बैठकर बातें करते थे। हमें समय का पता नहीँ चलता था। आठ बजते बजते हम दोनों को अपने अपने घरों पर , लौटना पड़ता था। कभी कभार दोनों ने मिलकर बाहर थोड़ा बहुत कुछ खा लिया करते थे। वो समय बहुत अच्छा लगता था। जैसे कि इस जहाँ पे सिर्फ़ हम दोनों ही रहते हैं। हमारे सिवाय और कोई नहीँ है। मुझे लगता है कि लोग प्यार में अपना सुद्ध बुद्ध खो देते हैं । हमारी हालत भी वही होता था , जब हम दोनों एक

साथ होते थे। जवानी की जोश शायद इसी तरह की परिस्थिति ले आती है।

चौथा पन्ना

कल हम दोनों को किसीने देख लिया। इसलिए तुरंत अनिला के घर पर ख़बर पहुँच गई। अनिला के परिवार में प्यार मोहब्बत को लोग बुरा मानते हैं। यह बात मुझे पता नहीँ था। मग़र अनीला यह सब अच्छी तरह से जानती थी। फ़िर भी वो मुझ से प्यार करने में पीछे नहीँ हटी थी। उसे अपने माता -पिता से डर था। अंजाम क्या होगा , उसे अंदाजा था। फिर भी वो मुझ से मिलना बंद नहीँ किया था। छुप छुप कर कबतक हम मिल सकते थे ? सच्चाई को एक दिन बाहर तो आना था। वो आ ही गया। मग़र मेरा परिवार यहाँ पर नहीँ रहता था। इसलिए मेरे बारे में कुछ भी जानकारी उनतक नहीँ पहुँच पाती थी। लेकिन इस ख़बर पर अनिला डट कर रही कि —

"वो मुझ से प्यार करती है। और मुझ से शादी भी करना चाहती है।"

इसबात पर अनिला के पिताजी ने गुस्से से अनिला के ऊपर भड़क उठे। और उसके दोनों गालों में दो थपड़ लगा दिये। फ़िर भी अनिला ने चिल्ला चिल्लाकर अपनी बात पर अड़ी रही। इसी कारण से अनिला के घर पर तनाव का

माहौल रहा। उसे घर पर बंद करके रखा। उसका कॉलेज में आनाजाना बंद करवा दिया। कारण वो लोग अपनी बिरादरी से बाहर जाकर शादी करते नहीँ है। जब अनिला छोटी थी, तब उसकी शादी उसके ताऊजी के बटे के साथ पक्की हो गई थी। यह बात मुझे पता नहीँ था।

पाँचवा पन्ना

दूसरे दिन मुझे एक ख़त मिला। जो मेरे दरवाज़े पर लटका हुआ था। उस लिफ़ाफ़ा में किसीका नाम नहीँ लिखा था। मैं ने उस बेनामी ख़त को घरके अंदर जाकर पढ़ा। अनिला की हालत के बारे में जानकर मुझे बहुत दुःख हुआ। मैं अनिला को फ़ोन नहीँ कर सकता था। कारण उनके घर पे सिर्फ़ लैंडलाइन फ़ोन है और यूँही कहो यही था। तब मोबाईल फ़ोन का प्रचलन नहीँ था। हम दोनों के पास कोई और रास्ता नहीँ था किसी से मिलनेके लिए। अथवा बात करनेके लिए। उस में अनिला ने लिखा था –

Dear Aman !

मेरे साथ जो सब हुआ , मैं लिखकर इसमें दे रही हूँ। पहले भी एक ख़त में सब कुछ लिखकर तुम्हें भिजवाया था। हमारे बिरादरी में प्यार कम और रूढ़िवादी ज़्यादा देखने को मिलता है। कारण यह लोग परंपरा की दुहाई हमेशा देते आये है। अगर हो सके तो तुम इस जग़ह से किसी दूसरे स्थान पर

sift हो जाओ। मैं तुम्हारी ऑफिस का पत्ता जानती हूँ। अगर मौका मिले तो , मैं तुम से जरूर मिलूँगी। मैं इसीलिए यह बात कह रही हूँ कि मेरे घरवाले तुम्हे ढूंढ रहे हैं। मैं नहीँ चाहती हूँ कि तुम्हे किसी तरह की नुकसान पहुँचे। हो सकता है तो मुझे माफ़ कर दो। मैं यह नहीँ कह रही हूँ कि तुम मुझे भूल जाओ। क्यों कि तुम्हे भूलना मेरे बस की बात नहीँ है।

तुम्हारी अनिला

छठा पन्ना

अनिला का इंतजार ख़त्म हुआ नहीँ। सिर्फ़ इंतजार रहा। एक आशा रहा कि एक दिन अनिला मुझे जरूर मिलेगी। हमारे प्यार को किसकी नज़र जरूर लग गई है । छः महीने की प्यार में हम दोनों इतने गुम हो गये थे कि जिंदगी में वो पल , दिन और महीने भूलना मेरे लिए मुमक़िन नहीँ है। क्या खोया हुआ प्यार मुझे दोबारा मिलेगा *?* कहीँ पर भी एक आशा की किरण नहीँ दिखाई जा रही है।

सातवा पन्ना

अनिला के बिना जिंदगी बीरान सी लगने लगी। किसीके डर से , मैं मेरा घर छोड़कर भागजाऊँ , यह तो हो नहीँ सकता है। इसलिए मैं ने वहीँ पे रहनेका निर्णय ले लिया। इस बीच मेरे पिताजी से एक खत मिला। और मैं मेरे गाँव में चला गया

सब से मिलनेके लिए। तब मेरा मन बड़ा अशांत हो उठा था। मन का व्यथा किसीसे कह नहीँ पाता था। खुलकर यह बात मैं किसे कहूँ ? कोई सामने भरोसे मंद होना चाहिए न ? मैं ऐसे हाल में किसके ऊपर भरोसा नहीं कर पाता था। इसलिए ख़मोश रहनेके अलवा , और कोई उपाय नहीँ था मेरे लिए उस समय।

गाँव जानेके लिए तैयारी में लग गया। सबके लिए कुछ ना कुछ ख़रीद कर लिया। भाई , बहन , माँ और बाबा , सबके लिए बड़े चाव से , कुछ ना कुछ ख़रीद किया। और आज गाँव के जाने के लिए स्टेशन पर रवाना हो रहा हूँ। देखते हैं , आगे जिंदगी मुझे कहाँ लेकर जा रही है ? कौन से मोड़ पर पँहुचायेगी ?

सातवे पन्ने के बाद में उस डायरीके बाकी पन्ने कोरे थे । आगे कुछ लिखना शायद अमन भूल गये होगें या कुछ लिखना जरूरत नहीँ पड़ा होगा। क्यों डायरी लिखना बंद हुआ , यह सिर्फ लिखनेवाले को पत्ता था। मैं कैसे कह सकती हूँ ?मैं तो उस डायरी का पाठक था।

उस समय की बात अच्छी तरह से मुझे याद है। एक दिन मेरी माँ ने मुझे कहा था —

‘बेटा ! आज कॉलेज मत जाना। तुझे एक लड़का देखने आ रहा है। तेरे बाबा के कोई दोस्त है , उनके रिश्तेदार में

से है वो लड़का। अच्छा खासा पढ़ा लिखा और अच्छी नौकरी में हैं। तेरे लिए वो योग्य है।"

आज मुझे याद है कल की तरह। हमारी शादी को ६ महीने बीत चुके हैं। आज़तक अमन के चेहरे पर कभी उदासी नहीँ देखी थी। हाँ , कभी कभी गुमसुम सी हो जाते थे अचानक। फ़िर दूसरे पल में सबकुछ ठीक हो जाता था। पहले की तरह हँसी ख़ुशी बातें करते थे। मैं जो भी खाना बनाती थी , उसे बड़े चाव से खाते थे। हाँ , मेरी तारीफ़ कभी नहीँ करते थे यही कहकर कि खाना अच्छी बनी है। लेकिन खाना बुरा बना है कहकर कभी शिकायत नहीँ करते थे। मैं सोचती थी कि –

"मैं ने जो भी खाना बनाया है , अमन को पसंद आया।"

मैं गलत थी। अमन के दिलों दिमाग में कुछ और चल रहा था। दिल की बात कभी जुबाँ पर लाते नहीँ थे , तो कैसे बताते? दो बिपरीत लिंगके इंसान अगर साथ में रहते हैं और एक ही बिस्तर पर सोते हैं तो , एक दूसरे को शारीरिक संबंध में जरूरत पड़ते हैं। यह एक साधारण कुदरती आकर्षण है सी बात है। उन्होंने कभी अपनी चाहत के लिए मुझे बाहों में लिया होगा तो भी अनिला समझकर लिया होगा। यकीन के साथ तो नहीँ कह सकती हूँ। मग़र यह मेरी सोच था। सही है या नहीँ, सिर्फ़ अमन बता सकते हैं। जब मैं कुछ नहीँ जानती थी , तब मेरी सोच कुछ अलग थी। मगर सबकुछ जानने के बाद में

मेरा पहला कर्तव्य था , मेरी अपनी शादी शुदा जिन्दगी को बचाना है।

अमन से बात किये बिना मुझे , चैन नहीं पडती थी । मुझे अमन के मुँह से सच्चाई जानना था। शादी करना कोई बच्चों का खेल नहीँ होता है। कहते हैं कि –

"जोड़ियाँ तो उपवाले के हाथों में बनता है।"

हमारी शादी भी उन्होंने बनाई। अगर बनी गई तो कुछ सोच समझकर उन्होंने बनाया होगा। फ़िर हम सब कौन होते हैं , उसे तोड़नेवाले ? मैं ने एक निर्णय लिया। चाहे कुछ भी हो जाय, मैं किसीके बातों में नहीँ आऊँगी। आख़िरी दमतक मैं मेरी शादी का रिश्ता बनाकर रखूँगी। मेरा आस्तित्व को मैं बचाकर रखूँगी। एक रिश्ता बना तो , मैं क्यों बिना कुछ जाने , क्यों अपनी जिंदगी को बिखरने दूँगी ?"

अगर मैं इंतजार कर बैठ जाती थी कि अमन सबकुछ खुद के बारे में मुझे सच सच बतायेंगे, तब तो जिंदगी यूँही कट जाती थी इंतजार करके। लेकिन मैं ने वो सब नहीँ किया। मौका ढूँढती रही कि मैं अमन को अनिला के बारे में पूछ कर रहूँगी। अचानक कुछ अनकही बातें पूछना ग़लत तो होता है। मग़र कई बातें ऐसे होते हैं कि , उसके सिवाय कोई भी रास्ता नहीँ बचता है। ख़ुद के भलाई के लिए , अग़र ऐसा किया जाये तो कोई बुराई नहीँ है। इसिलिये मैं ने यही निर्णय लिया कि—

"आज कैसे भी मैं अमन को पूछ कर रहूँगी।"

उस दिन जब मैं ने अमन को खाना परोसा, तब उन्होंने मुझ से पूछा –

"आज कौनसी सब्ज़ी बनाई है ? अच्छा लगता है।"

तब मुझे झटका लगा। बिगत छह महीने के अंदर, उन्हों ने कभी भी अपने तरफ़ से मुझे कुछ कहा होगा, मैं ने कभी देखा भी नहीँ था ख़ास करके खाना खाते समय पर। हाँ, उन्होंने मुझे यह कभी कहा नहीँ है कि –

"महिमा ! अकेले मेरे लिए क्यों खाना परोसा ? तुम्हारे लिए खाना लेकर यहाँ पर आयो। दोनों मिलकर खायेंगे।"

आज अचानक यह सुनकर मुझे आश्चर्य लगना, स्वाभाबिक बात तो है। सिर्फ़ मुझे नहीँ, किसी को भी लगेगा। फ़िर भी बिना प्रतिक्रिया जताकर मैं ने उत्तर नहीँ दिया। एक मुस्कुराहट दिया उत्तर देने से पहले सोचा –

"मुझे अमन से जो पूछना है पूछूँगी। मग़र पहले खाना तो खाने दो। भूखे पेट में कुछ अनकही बातें सुनना लोगों को गुस्सा आता है। सोने से पहले जरूर मैं पूछ लूँगी।"

अमन ने मुझे कहा–

"तुम अपने लिए खाना ले आओ । ईकठे बैठकर खायेंगे।"

यह बात सुनकर मुझ को और भी हैरानी हुई। "

खाना खाते खाते अमन ने कहा —-

"आलू गोभी की सबजी मुझे बहुत पसंद है। "

मैं ने सोचा —--

"सब्ज़ी अच्छी बनी है ,बोल रहे हैं तो , खानेका आनंद तो उठाने दो।"

खाना खानेके बाद में अमन वहीँ पर *living* रूम में बैठ रहे। मुझे उन्होंने पूछा —--

"तुम खा लो। भूख तो लगी होगी।"

खानेकी थाली को हाथ में पकड़ कर मैं ने अमन को दिखाया। और टेबल के ऊपर खाना रखकर कुर्सी में बैठा। खाना ख़त्म करके मैं ने उन्हें पूछा —

"आज आपको नींद नहीँ आई *?* आप को तो खाना खाने के बाद में , तुरंत नींद आ जाती है। अबतक़ जाग रहे हो *?*"

उन्होंने मेरी और देखकर थोड़ी सी मुस्कुराहट देकर फिर कहा —

"आज़ नींद नहीँ आ रही है। इसलिए यहाँ पे बैठा हूँ।"

"अच्छा। तब तो ठीक है। "

उतना कहकर , मैं खाना खाती रही। और अमन हाथ में अखबार लेकर पढ़ते रहे। मैं ने खाना ख़त्म करके *kitchen* में चली गई। वहाँ का काम ख़त्म करके जब मैं *living room* में आई , तब अमन वहीँ पर बैठकर अख़बार पे नज़र डाले , बैठे थे। फ़िर मुझे ख्याल आया कि–

"कल रविवार है। इसलिए शायद अमन बैठे होंगे। कल सबेरे जल्दी जागने की कोई आवश्यक नहीँ है उन्हें । "

मुझे वहाँ पे देखकर अमन ने मुझे कहा—

"थोड़ी देर यहाँ पे बैठो। तुमसे कुछ कहना है। "

मैं बिना कुछ कहे वहीँ पर सोफ़े में बैठ गई। फीर अमन अपने तरफ़ से बात को शुरू की। कहा —-

"महिमा ! कितने बातें ऐसे होते हैं कि , ख़ुलकर कहना मुश्किल होता है। हमारी शादी सिर्फ़ आठ दिन के अंदर हो

गई। मुझे सोचने के लिये वक़्त नहीँ मिला। ऐसा नहीँ है कि मेरी मर्जी के ख़िलाफ़ शादी हुई। जब मैं ने हाँ किया , तब जाकर हमारी शादी हुई। तुम्हे मैं यहाँ पर लेकर आया , कारण मेरा कर्मक्षेत्र यहाँ पर है। शादी की तो तुम्हे दूसरे जिम्मेदारी में छोड़कर आना मैं नहीँ चाहता था। मुझे यहाँ पर अकेलेपन बहुत सताया करता था।

मग़र शादी से पहले मेरी कोई अतीत की जिंदगी है। मैं तुम्हे वो सब बताना चाहता हूँ। मेरी जुबानी से तुम्हे अगर सुनने को मिले तो अच्छा होगा। वर्ना और किसीके मुँह से सुनना तुम्हे अच्छा नहीँ लगेगा। इसलिए मैं ने यही निर्णय लिया कि मैं तुम्हे सबकुछ बता दूँ। हालाकि उस अतीत के साथ मेरा कोई बास्ता अब नहीँ है। मैं पूरी तरह से समर्पित हूँ तुम्हारे लिये। "

"इसलिए मैं आज सोया नहीँ हूँ। कल *sunday* होने के कारण से , *office* जानेका झंझट नहीँ है। तुम इसे सच मानों या ना मान , यह तुमपर निर्भर करता है। "

अमन को पता नहीँ था कि अनिला की और मेरी मुलाक़ात हो चुकी है। अनिला और अमन के प्यार की बातें मुझे मालुम है। मैं ने जानबूझ कर अमन के सामने ख़ामोश रही। अनिला सच कह रही थी या अमन सच कहेंगे , मुझे उसीका इंतजार रहा।

मेरे लिए यही तो बात थी। शादी से पहले अमन के घरवालों ने हमारे माता पिता से अनेक झूठ बोले थे। और उसे उन्होंने यकीन कर लिया था। और आज अमन सच कहेंगे या झूठ, किस को पता ,? फिर भी मैं ने बिना कुछ कहे ,उन को सुननेके लिए आग्रह जताई । और उनको सुनती रही। उन्होंने शुरू की–

"देखो महिमा ! मैं जो कहना चाहता हूँ , उसे बड़े ध्यान से सुनना। कई बार मेरी बेरुखी ने तुम को दुःख दिया होगा। उसमें तुम्हारी कोई गलती नहीं है। उसके लिए मैं तुम से माफ़ी माँगता हूँ। कभी कभी हालात ऐसा हो जाता है कि , इंसान असहाय हो जाता है। बात हाथ में नहीं रहता है। ऐसे ही मेरा भी एक अतीत है। मतलव था। तुम से शादी करने के बाद में , मैं उस अतीत से बहुत दूर आ चुका हूँ। उसे भूलने को प्रयास भी किया था। मग़र ऐसा एक हालत सामने आ गई कि ,उ से दोबारा याद करना पड़ा। "

अनिला अमन की पूर्व *girl friend* उन्हें मिली , और किस तरह से उन दोनों के बीच में वार्तालाप हुई थी , वही उनको ख़ुलकर बताना चाहिये मुझे सोचकर , इतने राततक अमन जागते हुये बैठे हैं। मेरे सामने सबकुछ कह दिया।

अनिला और अमन की दोस्ती गहरे से गहरे होते गये थे , जब अनिला के पिताजी को अमन के बारे में पता चला था , पहले वे काफ़ी भड़क गये थे। दूसरे पक्ष में वे काफ़ी

समझदार रहे। वे जानते है की प्यार अँधा होता है। प्यार होता नहीँ है। हो ही जाता है। यह बात भी उन्हें समझ में आई थी। इसलिये अमन को कुछ कहे बगैर उन्होंने अनिला की शादी पक्की कर दी किसी और लडके के साथ ,जहाँ पहले अनिला की शादी उनके बिरादरी में पक्की हुई थी । और सिर्फ़ पक्की नहीँ शादी भी करा दी। सच तो यह है कि वो लोग अपने बच्चों की शादी अपने ही बिरादरी में कराते हैं। अनिला के ताऊ जी के बड़े बेटे रोहित के साथ। ना चाहते हुये भी , अनिला को वो शादी करनी पड़ी। अनिला यह शादी करना चाहती थी या नहीँ , उसकी रजामंदी किसीने पूछा तक नहीँ था। जानना तो बहुत दूरकी बात रही। अपने घरवालों के सामने उसकी बोलती एकदम से बंद हो गई थी । और अनिला की शादी उसके ताऊजी के बेटे रोहित के साथ हो गई। नहीँ चाहते हुये भी अनिला शादी के बंधन में रोहित के साथ बंध गई। अनिला के ताऊजी उनके गाँव में रहते थे। इसलिये अनिला के प्यार के चक्कर के बारे में , किसीको भी पता नहीँ चल पाया। अपने पति के साथ में दुल्हन बनकर , अनिला ससुराल में चलीगई।

तब अमन वहाँ पे थे नहीँ। अपने शहर में चले गये थे , अपने माता-पिता से मिलने। तब दशहरा का समय था। वहाँ पे दुर्गापूजा बड़े शानदार तरीके से मनाये जाते हैं। अमन का अपने माता-पिता से मिलना कोई इतफ़ाक़ नहीँ था। कारण बहुत पहले से अमन ने वहाँ पर जानेके लिये योजना बनाई थी। मग़र अनिला के सामने उन्होंने कुछ भी नहीँ कहा था। शादी से पहले अनिला जरूर आई थी अमन के घर उन्हें ढूढ़ने

के लिए। लेकिन दरवाज़े पर ताला था। इसलिए एक ख़त लिखकर वहाँ पे लटका कर चली गई थी।

अकेले में रहनेके कारण से घरवाले तो निरंतर याद आते हैं। यह तो साधारण सी बात है। अनिला की शादी के समय पर अमन वहाँ पर नहीँ थे। इसलिए अनिला किसके लिए , रोहित से शादी करने को इंकार कर रही थी , किसो को भी पता नहीँ चल पाया था। वर्ना जरूर अनिला के घरवाले अमन को क्षति पहुँचा सकते थे संभबत:। या अनिला की शादी की बात सुनकर , अमन के ओर से जरूर कोई बिपरीत प्रतिक्रिया आ गई होती। या नहीँ होती थी , यह तो समय ही कह सकता था। समय तब का गुजर चुका है। आगे क्या होगा किसको पता ?

अनिला शादी करके अपने ससुराल में चली गई। वो इसकी बिरोध में खड़ी नहीँ हो पाई थी। कारण उसके परिवार एक साथ एक अभिमत में थे। ऐसे में अकेले में अनिला क्या कर सकती थी ? अगर अमन वहाँ पर मौजूद रहे होते तो ज़रूर कुछ करनेके लिए कोशिश कर रही होती। ना अमन को या अनिला को इन दिनों के दरमियाँ में किसके जिंदगी में क्या घटित हो रही थी , जाननेके लिए मौका नहीँ मिला। अनिला की शादी के बाद में , अनिला के घरवालों ने राहत की साँस लिए। क्योंकि अपने बिरादरी से बाहर जाकर बेटी को व्याह देना ,उनके समाज में निंदनीय होता है। समाज से बहिष्कार करते हैं। उनके लिए उनका समाज सर्व प्रथम होता

है। वो लोग नहीँ सोचते हैं कि ,आजकल के ज़माने में लोग अपने आप को परिवर्तन करते हैं , आधुनिक समाज का हिस्सा बनने के लिए। ज़माने के साथ क़दम से कदम बढ़ाकर चलनेके लिए। अपने माता -पिता के बातों पर बिना एतराज जताये अनिला को सब के सामने अपना सर झुकाना पड़ा। मग़र दिल में एक काशक सा जरूर रहा , अमन का साथ ना मिलने पर।

उसी तरह अमन को भी अपने माता-पिता और घरवालों की बातों पर अपनी सहमती जतानी पड़ी। अपने घरवालों के सामने अपने प्यार के बारे में इज़हार करनेके लिए हिम्मत नहीँ हुई। इतने दिनों के बाद में घरवालों से मिले तो सब ख़ुश हो रहे थे। किसके दिल में दुःख उत्पन्न करना , नहीँ चाहते थे। इसलिए अमन को ख़ामोश हो कर रहना पड़ा। वो मज़बूरी थी या अपनी ईच्छा थी , सिर्फ़ वही बता सकते थे।

मैं भी तो शादी करना चाहती थी या नहीँ , मैं ने कुछ भी प्रतिक्रिया नहीँ जताई थी। मेरी मौनावतार को सबने मेरी रजामंदी मान लिया था। यूँही देखनेको जाओ तो तीनों परिवारों में खुशियाँ आई थी समय के हिसाब से। वो परिस्थिति अनुकूल थी या प्रतिकूल रहा , किसीने गौर नहीँ किया था। ना कुछ अनुभव में लाये थे। शादी तो हो गई। और मैं अमन के साथ उनके कर्मक्षेत्र में आ गई। समय के हिसाब से मैं ने ख़ुद को ढाल दिया था। शादी से पहले की बाद कुछ और थी। और शादी के बाद की बात कुछ अलग़ होकर

सामने खड़ा रहा। सोचने के लिए मेरे समय आया होगा। मग़र मैं एहसास नहीँ किया था कि मुझे समय कुछ कहना चाहता है या नहीँ। सब कहते हैं कि शादी के बाद में —-

"पति परमेश्वर होते हैं।"

परमेश्वर मानने के लिए सब से पहले , पति को पति तो बनना चाहिए। शादी के बाद में पति बनकर अमन ने मुझे कभी बाहों में लिया होगा , तो भी मुझे अनिला समझकर लिया होगा। ऐसा नहीँ हुआ कि पतिदेव अमन कभी मेरे सामने रोमाँच के मुड़ में रहे होंगे। जब उन्हें मेरी जरूरत होता था , तब वो मेरे पास आते थे। मैं आगे क्या करूँ या ना करूँ , कुछ तय नहीँ कर पाती थी। जबतक अनिला शादी के बाद में नहीँ मिली थी , तबतक सबकुछ सही चल रहा था। हमेशा चुपचाप रहना अमन को देखकर मैं सोचती थी कि–

"उनकी स्वभाव यही ही है या कुछ और है ?मैं ठहरी साफ़ और खुले दिल की। और अमन हमेशा गंभीर रहते थे । ज़्यादा बोलते नहीँ है। मन हुआ तो दो बोल बोल पड़े। मन नहीँ हुआ तो ख़ामोशी से बैठ गये। ऐसे इंसान के साथ मेरी जिंदगी आगे कैसे गुजरेगी ?अगर इनके दिल में और कोई थी तो , घरवालों के सामने खुलकर बता देना चाहिए था। मुझ से शादी क्यों की ? मुझ से शादी करना इनकी कोई मज़बूरी थी ? अगर यही ही था तो , मेरे साथ अपनी मर्जी से शादी करने की दिखावा क्यों किये ?शादी करके ख़ुश क्यों नहीँ है ?"

कई बार मैं ने अमन की गंभीरता पर अपनेआप में सवाल उठाई थी। फ़िर भी मैं ने किसको उत्तर के लिए सवाल पूछ नहीँ पाई। बड़ों ने मिलकर मेरी जिंदगी का फ़ैसला कर तो लिया। और मेरी जिंदगी को मुझे ख़ुद के हिसाब से आगे बढ़ाना होगा। मग़र कैसे ? मेरी और से हाथ अग़र आगे बढ़ रही है , तो दूसरी और से हाथ को बढ़ाने के वजाय , पीछे अगर खींच लिया जायेगा तो , तो मैं अकेले में कैसे आगे बढ़ पाऊँगी। मुझे कुछ तो रास्ता सुझना चाहिए। अपने तो रह गये कहीँ दूर में। और मैं यहाँ पे जिसको अपना बनाकर आ गई , वो तो कभी अपना पन दिखाता नहीँ है। अब मैं करूँ तो क्या करूँ ?क्या आगे मुझे कोई सही रास्ता दिखेगा ? हमारे शादी के बाद में जबतक अमन को अनिला नहीँ मिली थी , तबतक अमन अपनी और से अनिला के बारे में या अनिला और उनकी प्रेमकहानी के बारे में , नहीँ बताये थे। अनिला की शादी हो चुकी थी , इसके बारे में भी अमन को पता नहीँ था। मुझ से शादी करके जब मुझे लेकर अमन यहाँ पे आये , तब उनके दिल में अनिला को लेकर क्या चलता था , सिर्फ़ वही जानते थे। मुझे से कुछ कहते नहीँ थे। इसलिए मेरा जानना सवाल नहीँ उठता था।

अमन को जब पता चला कि , अनिला की शादी हो चुकी है। और उसके ताऊजी के बेटे से उसने शादी की। लेकिन यह शादी उसकी मर्जी से नहीं हुई थी। अपने खानदान की परंपरा को आगे बढ़ाने के लिए , उसके परिवारवालों ने अनिला की शादी करा दी। उससे पहले अनिला की प्रेम का

चक्कर के बारे में जानकर , अपने परिवार में बाहरवालों की दखल होने से बचाने की ईरादे से , उनको यह क़दम उठानी पड़ी। अगर अनिला शादी की विरोध में खड़ी होती थी तो किसके भरोसे में खड़ी होती ?

एक दो दिन अमन बहुत परेशान रहे। खामोश रहना उनकी आदत थी या नहीँ , मैं नहीँ जानती थी। या सठीक बताना मेरे लिए मुमकिन नहीँ था। कारण जब से मैं उनके साथ में शादी करके उनके संगत में आई हूँ , तब से अमन को मैं ने मौनवतार में पाया है।

आज अचानक उनके खामोशी को तोड़कर , उनका मुझ से बोलना , मेरे लिए आश्चर्य की बात रही थी। जब उन्होंने अपने बारे में सबकुछ बताया , तब मैं सिर्फ़ उन्हें देखती ही रह गई थी । और उनको सुनती रही। प्यार अँधा होता है , यह मैं ने सुना था। क्या आज की परिस्थिति , उसी का नतीजा है ?उन्हें मैं क्या बोलूँ , मुझे समझमें नहीँ आई थी । यह अमन के भोलेपन बोल रहे थे या वे कुछ और चाहते थे मुझ से ? उनको अनिला ने क्या कहा , यह बात मुझे अमन ने नहीँ कहा। अगर उनको पता चला कि अनिला ने शादी कर लिया तो क्या हुआ ?अमन अबतक अनिला के इंतजार में , कुआँरा तो नहीँ बैठे हैं ?दोनों ने अपना अपना रास्ता अलग़ कर के आगे बढ़ चुके हैं। क्या उन्हें अफ़सोस हो रहा है ?यह बात को अब सोचकर क्या फ़ायदा है ?दोनों में अगर इतना प्यार था , तो एक दूसरे का इंतजार जरूर कर लेते थे । दोनों में से

कोई भी छोटा बच्चा नहीँ था कि ज़ोर ज़बरदस्ती से बांधकर शादी करा दिए। प्यार के लिए लोग क्या क्या कर गुज़रते हैं, यह बात मैं ने सुना था। और यह लोग ऐसे में कैसे दावा कर सकते हैं कि दोनों एक दूसरे से प्यार करते थे, या आज भी करते हैं? यह तो कोई बात नहीँ हुई। अगर ऐसा है तो लोग शादी क्यों करते हैं?

कुछ समय चुप रहने के बाद में फ़िर अमन ने मुझे कहा–

"महिमा! कुछ पूछना चाहता हूँ। पूछ सकता हूँ?"

तब मुझे चिढ़ आने लगी। मैं ने अमन से चिढ़ते हुये कहा—

"पति अग़र पत्नी से बातचीत करना चाहता है, तो क्या पत्नी की अनुमति लेना आवश्यक है या जरूरी है? पूछो, क्या पूछना चाहते हो?"

कुछ समय सोचकर अमन ने मुझे पूछा —

"महिमा! मैं एक बात पूछूँ? अग़र मेरे साथ तुम्हारी शादी नहीँ हुई होती, तो?"

मुझे हैरानी हुई यह सवाल सुनकर। मैं ने कहा –

"अमन ! आपका मतलब क्या है ? पूछूं , पूछूं , क्या रट लगाकर रखी है ? सच में आप क्या पूछना चाहते हो , एक साथ में पूछ डालों। यूँही लटककर पहेलियाँ मत बुझाओ। मुझे चिढ़ आती है। आपकी समस्या क्या है ?"

अमन कुछ और पूछना चाहते थे मुझे। लेक़िन पूछने के लिए उनको हिम्मत नहीँ होती थी। उस समय मुझे भूख भी लग रही थी। मुझे चक्कर आने से मैं गिरपड़ी वहीँ पर। और गिरते ही बेहोश भी हो गई थी । तब अमन मुझे देखकर एकदम से दंग रहगये। और आगे क्या कहते ? मेरी चिकित्सा उस वक़्त पर जरूरी होने से , उसके लिए , प्रयत्न करते रहे।

उनकी बोलती वहीँ पर थम गई। मुझे उसी बेहोशी के हालत में हॉस्पिटल लेकर चले गये। वहाँ पर डॉक्टरी जाँच के बाद में अमन को डॉक्टर ने आकर वधाई दी और शुभकामनायों के साथ मेरा ख्याल रखननेके लिए कहा। तब दुःखी होकर अमन ने डॉक्टर के सामने अपनी प्रतिक्रिया रखी। उन्होंने कहा —

"डॉक्टर ! कमाल करते हो आप ? मेरी बीवी की हालात को देखते हुये , मेरे हाथ पैर कांप रहे हैं। और आप है कि हँस कर मुझे वधाइयाँ दे रहे हो ? आप ज़रा साफ़ साफ़ बताओ कि मेरी बीवी को हुआ क्या ?"

डॉक्टर साहेबा हँसने लगी। और बोली —

"अमन जी ! मैं ने आप से वही कहा , जो महिमा जी को हुआ है। वो माँ बननेवाली है। और आप होने जा रहे हो पिता। अब ख़ुश हो जाओ।"

हकावका हो कर अमन डॉक्टर साहेबा को देखते ही रह गये। मन ही मन बहुत ख़ुश हुये आनेवाले संतान की ख़ुश ख़बर सुनकर। डॉक्टर से सलाह लेकर ,और दवाईयों की लिखित पर्ची लेकर , अमन उस दिन मेरे साथ घरपर वापस आ गये।

उस दिन से अमन के जुबान से कभी भी अनिला का नाम नहीँ लिया गया। मेरे ही देखभाल करने में अमन लग गये थे। सही मायने में उनको मुझ से प्यार हुआ था या बच्चे के लालच में मेरी ध्यान रखने लगे थे , यह बात आज़तक मैं नहीँ जान पाया। और मैं ने अमन से यह बात कभी पूछा नहीँ था। ना तब अमन के पास उस वक़्त समय था कुछ कहनेके लिए। उम्र कम होने कारण , मुझे गर्भवस्था में बहुत तकलीफ़ हुई। डॉक्टर के सलाह में दिन गुजारना पड़ा था । तकलीफ़ होते हुये भी , मेरे दिल में एक अलग़ सा अनुभव हो रहा था।

बचपन में मैं ने मेरी दादीमाँ से सुनी थी। वो हमेशा कहती थी —

"अग़र एक औरत माँ बनजाये , तो उसकी जिंदगी सार्थक होती है। यह सौभाग्य सब को नहीँ मिलती है।"

मुझे वो सौभाग्य प्राप्त हो रहा है , सोचकर मुझे बेहद ख़ुशी हो रही थी । जबतक छह महीने बीत नहीँ जाती है , तबतक यह ख़बर किसी को भी देना नहीं है , यह बात अमन से मैं ने कहा था। उन्होंने मेरी बात को मानकर यह ख़बर को सिर्फ़ हम तक सीमित रखा। मुझे एक दिन हमारी पड़ोसवाली आंटी ने कहा था यह खबर सुनकर —

"बेटा ! बहुत अच्छी ख़बर सुनाई तू ने। मग़र यह ख़बर और किसी को मत बताना। क्योंकि लोग बहुत जलते हैं दूसरों की ख़ुशी में। ऐसे में नज़र लगाने में देर नहीँ लगती है। कमसे कम छह महीने तक किसीसे कुछ भी मत कहना। मेरी बात मानकर चल। "

यह बात कहाँ तक सच है या नहीँ है , मैं बता नहीं पाऊँगी। फ़िर भी हम दोनों ने उनकी बात मानकर छह महीने तक , किसी से कुछ भी नहीँ बताये। उसके बाद में जब हम दोनों के घरवालों को पता चला , सबको बहुत हुई। भरपूर शुभ सन्देश का आना चालू हो गया। तब तो मोबाईल का जमाना था ही। लैंड लाइन फ़ोन कभी बंद नहीँ होती थी। लेकिन मेरे लिए अमन के घरवालों की तरफ़ से प्यार था या नहीँ , मुझे पता नहीँ था। ना मुझे कोई उम्मीदें रही थी। वो लोग मेरे ससुरालवाले हैं। अमन के परिवारवाले हैं। इसलिए उनलोगों के लिए मेरे दिलों दिमाग़ में एक इज्ज़त भरी नज़र रहती थी। हम दोनों उन लोगों से दूर होने के कारण से , हमारे वहाँ उनका आना जाना उतना था ही नहीँ।

जब उन लोगों को बच्चे के बारे में बताया गया, तब उनको ख़ुशी हुई या नहीँ हुई, यह वो जानते थे। मग़र सब की और से शुभच्छा भरी संदेश जरूर आई थी। वधाइयाँ देनेवाले कम नहीँ थे। मेरी मदद के लिए गाँव से या अपनों से किसी को बुलाना संभव नहीँ था। मेरे पड़ोसवाली आंटी लग़भग आनाजाना करती थी। इसलिए मुझे अच्छा लगता था। सुबह होते ही, मैं अमन के लिए चाय, नाश्ता और दोपहर की खानेकी बंदोवत करती थी। साथ में मेरे लिए भी। सुबह नौ बजे अमन दप्तर के लिए रवाना हो जाते थे। और मैं मेरा नित्यकर्म ख़त्म करके बैठती थी। आसानी से मेरा समय कटता नहीँ था। अकेला पन का एहसास होता था। पड़ोसवाली आंटी आती थी मुझ से मिलने। और उनके साथ मैं गप्पे लगाने में मशगूल हो जाती थी। उसके बाद में, हमारा समय बहुत अच्छी तरह से कट जाता था।

एक दिन आंटी आई थी मुझ से मिलने। और जल्दी भी चली गई यही कहते हुए —

"बेटा महिमा ! मैं जल्दी से घर पे जा रही हूँ। अंकल की तबियत थोड़ी सी बिगड़ गई है। रोज़ रोज़ तुझ से मिलकर, मुझे तेरी आदत तो हो चुकी है। इसलिए तेरा हाल चाल पूछने लिए, चली आई। हो सकता है तो, कभी कभी हमारे घर पर आ जाना।"

आज़तक मैं सिर्फ़ एकबार आंटी के घर पर गई थी। मुझे उनके वहाँ जाना चाहिए अंकल से मिलने। लग़भग रोज़ आंटी मुझ से मिलाने आती है । और मैं एकबार भी अपनी मर्जी से उनके वहाँ नहीँ जा पाई। पहली बार अंकल के पेंटिंग (स्वरचित चित्रकला)देखनेके लिए बुलाई थी। और मैं उनके वहाँ पर गई थी। वो मेरा सौभाग्य था। अब मुझे हर वक़्त कोई अपने घर पर जाने के लिए न्योता देते रहे हैं , और मैं नहीँ जा पाती हूँ , यह तो ग़लत है। मेरा भी कोई फ़र्ज तो बनता है उनके लिए । आना , जाना , लेना और देना रिस्तों का नियम है। तब जाकर रिश्ता आगे टिकता है। वर्ना एक तरफ़ा रिश्ता कभी टिकता नहीँ है।

इसलिए मैं तैयार होकर आंटी के घर पर जानेके लिए निकल पड़ी । अंकल बीमार है। उनसे मिलकर उनकी हालचाल पूछना , मेरा फ़र्ज है एक जानी पहचानी इंसान होने के नाते। जब मैं ने घर से निकल कर , आंटी के घर के दरवाज़े की घंटी बजाई , तब ख़ुद आंटी ने दरवाज़ा खोलकर मुझे देखा। और ख़ुशी से बोल पड़ी –

"आजा बेटा ! आज हमारा बड़ा सौभाग्य है। तेरे क़दम हमारे घर पर पड़े हैं । इससे पहले एकबार आई थी। और आज दूसरी बार। "

अंदर से अंकल की आवाज़ आई –

"सुनंदा ! कौन है ?"

तब आंटी ने उत्तर दिया –

"महिमा आई है आप से मिलने। मैं ने बताया था आपके बिमार होने के बारे में। "

बाहर बैठक खाने में मैं और सुनंदा आंटी बैठकर बातें करने लग गये थे । उनके साथ में उनके घर पर बैठकर गप्पे लगाने का मज़ा कुछ और रहा। मुझे अनुभव हो रहा था । कुछ समय के बाद में , सुनंदा आंटी के पति पटेल अंकल वहाँ पर आ गये हमारा साथ देते हुये। उनकी तबियत थोड़ा सा अच्छा था। वे भी बिस्तर पर लेट लेट कर , ऊब चुके थे। मेरी उपस्थिति उन्हें अच्छा लगा। उनके घर पर यहाँ वहाँ रंगोंके बोतलें , स्टैंड पर लगे हुए कैनभास और सारे की सारे ब्रश सब इधर उधर बिखरे हुए पड़े थे ज्यों की त्यों। एक अधूरी चित्र को देखकर मैं ने पटेल अंकल से पूछा —

"अंकल ! यह अधूरे चित्रकला कितने अच्छे लगते हैं। यह जब पूरी तरह से बन जायेगी , इसकी शोभा देखने का मज़ा कुछ और रहेगा। बड़ी सुंदर दिखेगी। "

उनके हाथों में मानों जादू होता था। चित्र सब देखकर पता चलता था। उनकी चित्रकला को देखने वाला बिना तारीफ़ किये , रहना संभव नहीँ है। उन सब पर मेरी नज़र पड़ते ही,

मेरा दिल ख़ुश हो गया। इससे पहले मैं सुनंदा आंटी के साथ, पटेल अंकल के चित्रकला की प्रदर्शनी देखने गई थी। मग़र वहाँ पर ढ़ेर सारे लोगों के मौजूदगी में , मैं इतने ध्यान से देख नहीँ पाई थी। उन चित्रकलायों को मैं ने निहार नहीँ पाई थी।

उस दिन जब मैं उनके घर पर जैसे की जिवंत कला की रूपरेखा को देखा , तब मुझे मेरी पाठशाला के दिन याद आ गये। मेरे हाथों में अच्छी तरह चित्रकला अंकन हो पाता था। कागज़ के ऊपर , बैठ कर मैं अनेक चित्र अंकन करती थी। पाठशाला में इसी चित्रकला को लेकर अनेक अनेक प्रतियोगिता का आयोजन होता था। और मैं हरबार अव्वल नंबर पर रहती थी। पाठशाला में चित्रकला की , थोड़ी बहुत तालीम मैं ने पाई थी।

आज जब सामने मैं ने कैनभास के साथ साथ , बिभिन्न रंगों के समावेश , ब्रश और समय को देखते हुए , मेरा मन मचलता रहा। पटेल अंकल से पता चला कि उनकी अनेक चित्रकला अधूरी पड़ी है। उसे कैसे भी हों , प्रदर्शनी से पहले उन सबको पूरा करना है। वे बीमार पड़े हैं । इसलिए सब कुछ बिखेर पड़े हैं।

तब मेरा मन ललचाया। और मैं वहाँ से उठकर , उसी अधूरी रही चित्रकला की ओर चलपड़ी। मेरे पास कोई भी तजुर्वा नहीँ थी। इससे पहले कभी बचपन में मैं चित्र बनाया करती थी। मग़र मेरा मन अपनेआप वहाँ खींचता चलागया।

और मैं रंग और ब्रश के साथ *canvas* के ऊपर , अधूरे चित्रकला को बनाने लग गई । आधे घंटे के अंदर वो चित्र को मैं ने संपूर्ण रूप दे दिया। चित्र बनाने से पहले मैं ने ना पटेल अंकल से या सुनंदा आंटी से यह सब पूछा था। ना मैं ने उनसे इजाज़त ली थी। फ़िर भी दोनों ने मुझपर गुस्सा करने के वजाय, आनंद से झूम उठे थे । जितने भी चित्रकलायें थे , उनसब को पटेल अंकल के नाम से , प्रर्दशनी में जाना था , वो पूरा नहीँ हो पाया था। इसलिए वे चिन्तित थे। अब वो चित्र की सम्पूर्णता में उनको आनंद हुआ। मुझे पटेल अंकल ने पूछा था उस दिन—

"बेटा महिमा !तेरे हाथ में तो जादू है। तेरे पास इतनी हूनर है , हमें तो पता नहीँ था। अग़र पहले से पता होता तो मैं तुझे यहीँ पर खड़ी कराके चित्र बनाने में व्यस्त रख लिया होता। तेरे अंदर इतनी हूनर होने के बावजूद , तू ने उसे अंदर दवाकर रखा था। "

पटेल अंकल ने जो कहा था , वो सब सच ही तो था। मेरे हाथों में जादू था या है , मैं नहीँ कह पाऊँगी। लेकिन हाँ , मैं भी किसी से कम नहीँ हूँ। मेरे अंदर में छुपे हुए कलाकार को बाहर निकालकर उसे निखारनेके लिए मौका मुझे आजतक मिला नहीँ था। मैं ने उस को बकायदा किसी हुनरबाज़ से सही तरीके से प्रशिक्षण नहीँ ली थी। इसलिए मुझे खुद का हूनर के नाम को जानना मौका नहीँ मिला था। पाठशाला में पहली बार , चित्रकला के बारे में जानने को मौका मिला था।

परंतु उसके बाद में आज़तक सबकुछ छुट गया था। मुझे यह देखकर आश्चर्य लगा कि , कैसे मैं ख़ुद ब ख़ुद उस चित्रकला के पास खिँचती हुई चली गई। उसे ग़ौर करके जाना कि वो चित्र एक अधूरी चित्र रही। और मैं ने पटेल अंकल के परिकल्पना में ख़ुद की कल्पना को मिलाकर एक संपूर्ण चित्र बना लिया। यह कुदरत की करिश्मा नहीँ है तो और क्या है ?

कुछ समय के बाद में मैं अपने घर पर आ गई थी । पता नहीँ है मुझे , शायद मेरे दिलों दिमाग़ में , यही ख्वाहिशें रही होगी कि मैं एक चित्रकार बनूँ। और बाहर मेरा नाम सुनाम हो या ना हो , लेकिन मैं ख़ुद से यह बात कह सकती हूँ कि –

"मैं एक चित्रकार हूँ। मेरी यही परिचय है। माता पिता के बेटी होने के साथ , एक बीवी और बहू बनने की मुझे सौभाग्य मिला था। और आज मैं मेरी परिचय दे पाई हूँ एक चित्रकार के रूप में। आगे और मौका मिले या ना मिले , मैं मेरा परिचय को हासिल किया। यही सच है। और सच मैं जान पाई हूँ। "

यही सोचते हुए मैं ने ख़ुद को समझा लिया। शादी के तुरंत बाद , मेरे ससुराल के और से , मेरी जिठाणी ने मुझे पूछा था—

"देख महिमा ! तेरा अपना परिचय तो कुछ भी नहीँ है। तू ने जॉब नहीँ किया। ना और कुछ तेरे हाथों में होगा। मुझे देख, मैं एक सरकारी पाठशाला में , शक्षिका हूँ। मेरा अपना

परिचय है। तू जिंदगी भर यही ही रहेगी बीवी बनकर। पक्की गृणिणी का परिचय तुझे मिलेगा। यही ही होगा।"

जिस दिन मैं ने अधूरी चित्रकला को पूरी रूपरेखा में, बना दिया था, उस दिन मेरी खुशी का सीमा नहीँ रहा था । मुझे घर पर आकर, बहुत अच्छा लगा। मुझे अंदर से एक सुकून सा अनुभव हुआ। मैं ने सोचा–

"मुझे उसी ईश्वर ने बनाया, जिन्होंने औरों को बनाया है। मैं किसी से कम नहीँ हूँ। औरों की तरह मेरे अंदर भी कुछ हुनर है। मैं कुछ तो बन सकती हूँ। बन सकती हूँ क्या ? बन चुकी हूँ। फीर मैं क्यों किसी से ताना सुनु ? मैं भी सब को बोल सकती हूँ कि –

"मेरा भी एक परिचय है। मैं एक चित्रकार हूँ।"

दूसरे दिन जब मैं पटेल अंकल के घर पर गई, तब सुनंदा आंटी चाय बना रही थी। उन्होंने मुझे चाय पीने के लिए आग्रह किया। और मैंने उन को "हाँ" बोल दिया। उनके घर पर इलाइची और अदरकवाली चाय की खुशबू सूंघ कर मेरे दिल में कुछ अच्छा सा अनुभव हुआ। और मैं उनके घर पर चाय पी। उसके बाद में मैं ने पटेल अंकल से पूछा —

"अंकल ! कल आप से बिना पूछकर, आपकी चित्र को मैं ने पूरा कर लिया। आपको बुरा तो नहीँ लगा ना ? अच्छा लगा

क्या ? अगर मुझ से कोई गलती हो गई तो , मुझे माफ़ कर देना। पता नहीँ मैं ने क्यों उस तरफ़ खींचा चला गया ? अभी मैं सोचती हूँ तो मुझे हैरानी होती है। "

मुझे बीच में रोककर सुनंदा आंटी ने मुझे कहा —

"बस कर ना। कितनी बोलती है तू ? हम में से किसी ने तुझे इसके बारे में कुछ पूछा क्या ? क्यों ख़ुद को अपराधी मानती है ?"

सुनंदा आंटी ने ख़ुशी से मुझे कहा –

"महिमा बेटी ! आज से तु रोज़ रोज़ हमारे घर पर आया कर। अंकल के साथ में मिलकर चित्र बनाते जा। तेरे हाथ में जादू है। तेरे लिए अच्छा ही रहेगा। प्रदर्शनी में अगर तेरे चित्र लोग देखेंगे तो जरूर पसंद करेंगे। हो सके की तेरे चित्र को लोग ज़्यादा ख़रीद करेंगे। पहले से अग़र पता होता , तो अनेक चित्र तेरे हाथों में बन गये होते। छुपा रुश्तम है तू। "

मेरे दिलों दिमाग़ में जैसे लड्डू फूटने लगे। मेरे लिए अपना नाम के लिए , मेरे पास एक सुयोग आया है। उसे हाथों से जाने नहीँ देना है। इसलिए मैं ने एक सिद्धांत लिया। अगर मुझे मौका मिल रहा है तो , उसे मैं हाथ से जाने नहीँ दूँगी। मेरा अपना परिचय होगा। मुझे एक नाम मिलेगा। जो लोग मुझे कुछ भी नहीँ समझते हैं , उन्हें मेरी हुनर का पता चलेगा।

मैं ख़ुशी ख़ुशी अपने हाथ में ब्रस लेकर कलर को इस्तेमाल करके चित्र बनाना चालू किया। जितने भी चित्र मैं ने बनाया , सब को सुनंदा आंटी एवं पटेल अंकल दोनों को बहुत पसंद आया। प्रदर्शनी का दिन के लिए पटेल अंकल ख़ुद आकर , अमन के साथ में मुझे आमंत्रण देते गए प्रदर्शनी को देखनेके लिए। लेकिन एक बात पटेल अंकल ने बड़ी समझदारी से की कि उन्होंने मेरे हाथों में बने हुये चित्र कला के बारे में , कुछ भी नहीँ बताया। मेरे हाथों में बनाये गए चित्र सब प्रदर्शन में जा रहा हैं , इसकी ज़िक्र तक उन्होंने नहीँ की थी । और मैं भी मेरी जुबान से कुछ नहीँ कहा अमन को मेरे चित्र के बारे में।

उनके जाने के बाद में अमन ने मुझ से पूछा –

"महिमा ! तुम्हे पता था , पटेल अंकल एक चित्रकार है ?"

तब मैं अमन से झूठ नहीँ कह पाई। और कहा –

"हाँ अमन ! मैं जानती हूँ। इससे पहले जब मैं यहाँ पर नई नई शादी करके आई थी , और नये नये आंटी के साथ मेरा परिचय हुआ था , तब के समय में पटेल अंकल के चित्रकला की प्रदर्शनी चाल रही थी। तब मुझे सुनंदा आंटी ने उनके प्रदर्शनी को देखनेके लिए ,अपने साथ वहाँतक लेकर गई थी। यह बात मैं ने आपको बताया तो था। भूल जाते हो ?"

तब अमन सिर्फ़ मुझे देखते ही रह गये। उसी समय की बात यह है , जब हमारी शादी के बाद में , अनिला की मौजूदगी वहाँ पर रहा था , और अनिला अमन से मिलकर अपनी बात मनाने की कोशिश कर रही थी। अमन से बात नहीँ बनी तो , कैसे भी अनिला मुझ से मिलने की कोशिश में लगी रही। मेरे दिलों दिमाग़ में अमन के बारे कुछ कुछ अंदाज , होने लगी थी। मग़र मुझ पर कोई भी असर नहीँ पड़ा था । मैं ने अनिला से कहा था —

"देखों अनिला ! अमन तुम्हारे अतीत थे। और तुम भी उनके बीते हुये कल हो । अब मैं अमन के वर्त्तमान हूँ। चाहकर भी तुम हमारे बीच में दरार पैदा नहीँ कर सकती हों। यह भी एक सच्चाई है कि –अमन के इंतजार में तुम भी कुंआरी नहीँ बैठी हो। तुम्हारे जिंदगी में तुम आगे बढ़ चुकी हो। और अमन भी अपना संसार बढ़ा चुके हैं। हमेशा अतीत को सामने लेकर आना ग़लत है। तुम तुम्हारे दुनियाँ में ख़ुश रहो , और हमें हमारे हालात में रहने दो। अगर तुम कुछ भी गड़बड़ करने को कोशिश करोगी , तो मैं चुप नहीँ बैठूँगी। मैं मेरा संसार बचानेके लिए , जी जान लगा दूँगी। फ़िर किसी का भी एक ग़लत कदम सब को दुःखी कर देगा। जो करना है , सोच समझ कर करना। "

जैसे मैं ने अनिला को समझाया था , उसी तरह से मैं ने अमन को भी समझने की कोशिश करती रही। कोई माने या नमाने , मैं मेरा संसार को बचाने की काफ़ी कोशिश करती

रही। कहते हैं कि जोड़ियाँ तो ऊपरवाला जोड़ता है। अगर ऐसा है तो , हम इंसान कौन होते है जोड़े हुये रिश्ते को तोड़कर तमाशा बनाये लोगों के सामने ?उसे जोड़कर आगे बढ़ने में सब की भलाई है। मैं ने अमन से कहा था —

"अमन !ज़रा सोचो। अगर हमारे गुरुजनों , ने हमारी शादी करवाई तो , कुछ सोच समझकर तो की होगी ना। वो लोग हमारी बुराई कभी तो नहीँ चाहेंगे। आप अगर खुलकर पहले अपने अभिभावकों के सामने आपकी प्यार की कहानी सुना दिये होते तो क्या वे वो रिश्ते से इंकार किये होते ?क्योंकि वोलोंग भी आपकी भलाई चाहते हैं। शादी पहले कुछ नहीँ कहा तो शादी के बाद में कहना क्या जरूरी है ? आप या अनिला कोई भी छोटा बच्चा नहीँ हो। कोई भी आपको ज़ोर ज़बरदस्ती से मंडप के ऊपर बिठाकर शादी नहीँ कराई थी। जो भी हुआ , आपकी सहमती से हुआ। तब ना आपने ना अनिला ने कोई किसी के बारे में कुछ भी सोचा नहीँ है। अब सबका रास्ता अलग़ अलग़ है। और हमारे जिंदगी में कोई तीसरा आनेवाला है या आनेवाली है। अगर आपकी डगमगाहट की कदमों में किसी के और से , गलत झुकाव होगा तो , सब की जिंदगी में भूचाल आ जायेगी। साथ में आनेवाला या आनेवाली का कसूर क्या है ? इसलिए वो सब आपको भूलना होगा और आगे के लिये सोचना होगा। "

मेरी बात को सुनकर अमन चौंक गये। और मुझे देखते रहे। इस समय पर वो और क्या कह सकते थे या नहीँ मुझे

पता नहीँ था ? मुझे समझमें नहीँ आई तब , जब मुझे अमन देख रहे थे , ऐसे ही देखकर , कुछ पल के बाद में उन्होंने पूछा मुझे —-

"महिमा ! क्या कहा तुम ने ? कौन है वो जो आनेवाली या आनेवाला है ? मुझे कुछ समझ में नहीँ आई। ज़रा ख़ुलकर बतायो तो सही। "

तब मुझे सचमुच शर्म आई अमन को बताने में। फ़िर भी मैं ने उन्हें बता दिया। मुँह नीचे करके कहा —-

"आप पिता बननेवाले हो। "

एक बच्चे का पिता होने का एहसास में , हर एक इंसान के जीवन में , कैसे परिवर्त्तन ले आता है ,मैं ने उस दिन अमन के चेहरे से देखकर अनुभव किया। उस दिन के बाद में अमन सब कुछ भूलकर , मेरी ओर ध्यान देते रहे। नियमीत रूप से मुझे डॉक्टर के पास लेकर जाना , और डॉक्टर की परामर्श लेना , मेरी दवाइयाँ और खाना पीना के साथ , सब कुछ के लिए अमन ध्यान देते रहे।

दिन भर अमन दप्तर में रहते थे। इसलिए वे पटेल आंटी यानी कि सुनंदा आंटी से बोलकर जाते थे। कहते थे —-

"आंटी जी ! महीमा का ध्यान रखना। "

अग़र वे सुनंदा आंटी से बोलकर नहीँ भी जाते थे , तो भी सुनंदा आंटी हमेशा मेरी ध्यान रखती थी। अमन के दप्तर जाने के पश्चात् , मैं मेरा नित्यकर्म ख़त्म करके नाश्ता करती थी और नुनंदा आंटी के घरपर चली जाती थी। वहाँ पर हाथ में रंग और ब्रश पकड़ कर , चित्र बनाने लग जाती थी। मेरे लिए मुझे खाना पकाने की आवश्यक नहीँ पड़ती थी। कारण सुनंदा आंटी ने मुझे कहा था शुरूआत में —-

"महिमा बेटा ! हमें तुम्हारी मदद की जरूरत पड़ रहा है। कारण अंकल की बीमारी ने चित्र बनाने में देर कर दिया। समय पर अगर चित्र पूरे नहीँ होंगे तो , प्रदर्शनी लगाने में दिकते होंगी। पूरा हल में चित्र लगाना जरूरी जो है। अगर तू दिल से यहाँ चित्र बनाने लगती है तो खाना भी हमारे घर पर खायेंगी। "

समय क्या क्या कहता है करनेके लिए , कभी कभी इंसान ख़ुद को समझ नहीँ पाता है। जब मुझे चिंता मुक्त होकर रहना था , तब मुझे चिंता से निजात दिलाने के लिए सुनंदा आंटी का घर और पटेल अंकल का काम ,मेरे लिए बड़े काम के है। वो साबित हुये। मेरा समय कैसे कटता था , मुझे पता नहीँ चलता था। मेरे हाथों में इतने सारे चित्र बनकर तैयार हो गये , मुझे यकीन नहीँ हुआ।

मुझे बचपन में यही कहकर हरदम जताया जाता था मेरे रिश्तेदारों के और से कि –

"एक लड़की को उतना ही पढ़ना चाहिए कि , वो कुछ पढ़ सके ,अपना नाम लिख सके। बाकी तो उसका काम है घरका चूल्हे और चौके को संभालना। ज़्यादा पढ़लिख़ कर क्या करेगी ? लड़की का जन्म तो पराये घर के लिए है। "

मग़र मैं पढ़ना चाहती थी। लेकिन कुछ खोलकर कहना मेरे बस में होता नहीँ था। इसलिए घुट घुट कर रहना पड़ता था। आज जब मैं ने इतने सारे चित्र को परिपूर्ण रूपमें देखा , तब मुझे यकीन हुआ कि चूल्हे चौके के आगे , मैं और कुछ कर सकती हूँ। मैं मेरा एक अलग परिचय बना सकती हूँ। और आज मैं ने बनाया भी। यह तो शुरूआत है। आगे जाकर मुझे जरूर अनेक मौका मिलेंगे। उस दिन मेरी ख़ुशी को मैं अकेले में बैठकर अपने घर पर आखें बंद करके जी भरके आनंद उपलब्ध किया। मैं अपने आप में बोलती रही —-

"सुना दुनियाँ वालोँ ? आज मैं एक चित्रकार हूँ। अगर मैं अपना परिचय यहीँ पर पा लिया तो मुझे दुनियाँ के सामने कहने में कोई झिझक नहीँ है। मैं शान से कह सकती हूँ कि "मैं एक चित्रकार हूँ। यही मेरा असली परिचय है। और यही नाम से मैं पहचान जाऊँगी। "

कुछ दिनों के बाद में पटेल अंकल के चित्रकला की प्रदर्शनी चालु हो गई। और सुनंदा आंटी पटेल अंकल के साथ में प्रदर्शनी के स्थान पर रहकर उनकी मदद करती रही। मेरे लिए वो बड़ी ख़ुशी की बात रही। कारण उसी प्रदर्शनी में ,

मेरी हुनर या मेरे द्वारा बनाये गये चित्रकला की क़द्र , लोक लोचन में आयेगा। कहाँ तक लोग उसे पसंद करते हैं , वो भी पता चलेगा। वो सब जानने के लिए मैं इंतजार करती रही। उसी प्रदर्शनी के दर्मियान , अमन ने मुझे कईबार पटेल अंकल और सुनंदा आंटी के बारे में पूछते रहे। कारण उनके घर पर ताला लगा हुआ था। मैं ने अमन को पटेल अंकल के चित्रकला की प्रदर्शनी के बारे में बताया। सुनंदा आंटी के द्वारा दिये गये निमंत्रण कार्ड जो अमन के नाम से था , उन्हें दिखाई। तब अमन को बहुत ख़ुशी हुई। उन्होंने प्रदर्शनी देखने के लिए अपनी इच्छा जाहिर की। और अमन ने मुझे कहा —

"महिमा ! कल शनिवार है। मेरा छुट्टी है दप्तर से। कल हम दोनों मिलकर पटेल अंकल के चित्रकला की प्रदर्शनी में जायेंगे। पटेल अंकल और सुनंदा आंटी को ख़ुशी होगी। "

मैं ने सर हिलाकर उनके सामने मेरी सम्मति जताई। क्योंकि जब से हम शादी कर के यहाँ पर आये हुये हैं , तब से हम दोनों इकट्ठे कहीँ गये नहीँ थे। अमन के ओर से कभी आग्रह नहीँ हुई थी। और मैं ने कभी भी मेरी इच्छा क्या है , अमन से सामने जाहिर नहीँ की थी। वो चुपचाप रहे तो मैं ने भी मेरी जुबाँ को बंद रखकर आगे चल रही थी। हम दोनों में दूरियाँ तो नहीँ थी। मग़र दिल से शायद दिल मिला नहीँ था। दिल उनका क्या चाहता था वो सिर्फ अमन बता सकते थे या जता सकते हैं। मग़र मैं क्यों खामोश थी , वो बात मुझे भी

मालुम नहीँ था। एक ही घर पर हम दो अजनवियों की तरह रहते थे।

उस दिन जब बाहर जानेके लिए अमन के और से आग्रह जताई गई , तब मुझे बेहद ख़ुशी हुई। और मैं तैयार होकर अमन के साथ , पटेल अंकल के चित्रकला की प्रदर्शनी देखनेके लिए निकल पड़ी। अमन के साथ बाहर इकट्ठे होकर जानेका अनुभव मुझे अलग़ सा होने लगा था। मेरे पति मेरे साथ हैं , उसमें कुछ अनोख़ा एहसास होता था। यह सब मेरे सामने हो रहा है , मुझे यकीन नहीँ होता था। अगर अमन साथ में नहीं होते थे , तो भी मैं अकेले में कहीँ पर भी नहीँ जाती थी। कभी कभी बाज़ार में चली जाती थी घर के लिए जरूरतें की सामन ख़रीद करने के लिए। मग़र कभी भी अमन ने मुझे अपने दिल से बुलाकर , अपने साथ में लेकर बाहर नहीँ गये थे। इसलिए बाहर की कपड़े में मुझे अमन देख नहीँ पाते थे। डॉक्टरके पास में अगर जाना होता था तो मैं सुनंदा आंटी को साथ में लेकर चली जाती थी। क्योंकि अमन को दप्तर के कामों से छुट्टी मिलती नहीँ थी , यह अमन का कहना था। सच में उन्हें छुट्टी मिलती नहीँ थी ,या वे मेरे साथ कहीँ पर जाना नहीँ चाहते थे , यह अमन को पता होगा। हो सकता है कि उनके लिए अनिला की स्मृति को भुलाना नहीँ हो पाता था। यह बात तो सठीक कहना मेरे लिए संभव नहीँ है। किसके दिल में क्या चल रहा था , मुझे कैसे मालुम पड़ता था ?एक ही छत के नीचे , एक ही कमरे में , एक ही बिस्तर पर सोने के कारण , अग़र कभी भी अमन मेरे क़रीब

आये होंगे , शायद अनिला को नज़रों में रख कर मेरे क़रीब आये होंगे।

मग़र जब से उन्हें पता चला कि मैं उनकी बच्चे की माँ बनानेवाली हूँ , तब से अमन के दिलों दिमाग़ में काफ़ी बदलाव धीरे धीरे आने लगा है। यह बात को मैं ने अनुभव किया। जब मैं सजधज़ के अच्छे कपड़े पहनकर बाहर आई, तब मुझे अमन देखते ही रह गये। मुझ पर से उनकी नजरें हटती नहीँ थी। मुझ में उन्होंने ऐसा क्या देखा , मुझे पता नहीँ है। फ़िर भी मैं ने कोई प्रतिक्रिया नहीँ जताई। देखकर भी अनदेखी कर दी।

एक बात तो मैं ने जाना कि जबतक इंसान ख़ुद जान नहीँ पाता है कि क्या सही है या क्या ग़लत है , क्या करना है या करना नहीँ है , तबतक इंसान को दूसरे के लिए क्या एहसास है, वो पता नहीँ चलता है। फ़िर भी मुझे ख़ुशी हुई थी। जो इंसान सिर्फ़ अपनेआप में खोया हुआ रहता था , मेरी और कभी नज़र उठाकर नहीँ देखता था ,आज वही इंसान मुझे बिना पलकें झपकाये , देख रहा है निरंतर। कुछ तो उनके दिल में रहा होगा। कोई तो अनुभव उन्हें हुआ होगा। समय समय की बात है। समय आने पर सब कुछ बदल जाता है। यही कुदरत का करीश्मा है या नियम कहो । समय के आगे सब मज़बूर हो जाते हैं। इसे क्या कहें ?

अमन के साथ में घर से बाहर जाने के लिए मैं तरसती थी। मैं ने कभी भी मेरी और से अमन को कुछ कहा नहीँ था। फिर भी मेरा दिल है। दिल है की मानता नहीँ है। मग़र कभी कभी ख़ामोशी में फ़ायदा भी होता है।

पहली बार मैं ने अमन के साथ में उनकी स्कूटर में बैठकर कहीँ बाहर गई। जब मैं उनके साथ में उनकी स्कूटर में बैठ रही थी , तब मुझे संकोच हो रहा था। उन्होंने मुझे कहा –

"अच्छी तरह से मेरे कंधे में हाथ रख कर बैठो। और स्टैंड में पैर को अच्छी तरह से रखो। "

तब मुझे बहुत ख़ुशी हुई थी। और मैं ने बिना कुछ कहे अमन के कंधे पर हाथ ऱखकर , बैठ गई। दोनों जाकर पहुँचे पटेल अंकल के प्रदर्शनी के स्थान पर। बहुत सारे लोग यानि की दर्शक वहाँ पर मौजूद थे। हम दोनों को देखकर सुनंदा आंटी और पटेल अंकल को बहुत आनंद हुआ। हम दोनों की चित्रकला , लोगों को बहुत पसंद आ रही थी। लोग सिर्फ़ देखकर पसंद नहीँ करते थे , वल्कि , उन सब चित्रकला को ख़रीद भी कर रहे थे। मेरे हाथों में बनाये गये चित्रकला में ,मेरी दस्तख़त बहुत छोटे आकर में रहा था। मैं ने जानबूझ कर ऐसा किया था। कारण प्रसीद्ध चित्रकार के नाम से पटेल अंकल आकर वहाँ पे गिने जाते थे। लोग उन्हें अच्छी तरह से जानते थे। इसलिए मेरी चित्र उनके सामने क्या मूल्य रखता है या रखेगा , मैं नहीँ जानती थी , या अब मैं उसकी आकलन

कर सकती हूँ। लेकिन जब से अमन प्रदर्शनी के स्थान में आये हैं , तब से वो चित्रकला को देखकर , बहुत ख़ुश होते रहे। बहुत समय तक पूरे हॉल में घूम घूम कर चित्र को देखते रहे। पटेल अंकल के साथ में एक पड़ोसी होने के नाते ,अमन उन्हें पहचानते थे। लेकिन उतना घनिष्ठता नहीँ था। मेरे ही कारण उनके परिवार के साथ , हमारी घनिष्ठता हुई। यह भी सच रहा कि अमन को सुंनदा आंटी और पटेल अंकल के घनिष्ठता में ख़ुशी हुई। कारण शादी किसकी मर्जीसे होने दो , बीवी का साथ होना एक ज़िम्मेदारी है पति के लिए। दिनभर अमन दफ्तर में होते हैं। और मैं घर पर दिनभर अकेली होती थी। अमन का चिंता का कारण यही होता था। एक दो बार उन्होंने मुझे कहा था कि —-

"महिमा ! जब मेरे गैर हाज़िर में ,तुम्हे कुछ जरूरत पड़ेगी तो , सुनंदा आंटी से कहना। वो बहुत अच्छी इंसान है। दिन भर मैं घर पर नहीँ रहता हूँ। तुम को इस हालात में घर पर अकेले रहने में अकेलापन तो महसूस होती होगी। "

मैं ने उन्हें सर हिलाकर "हाँ" कहा था। जब अमन खुद उनसे प्रत्यक्ष के रूप में मिल रहे हैं , और उनके हूनर से रूबरू हो रहे हैं तो , अमन को बेहद ख़ुशी हो रही है। पूरे हॉल में घूम घूम कर हर एक चित्र को निहार रहे हैं। यह देख कर मैं भी ख़ुश हुई थी । उनके साथ साथ मैं चल रही थी। और चित्रों को देख भी रही थी। उन सब को मैं ने पहले देखा था। इसलिए चित्र के बारे में उन्हें कुछ कहना , मैं नहीँ चाहती

थी। पूरे हॉल में सब चित्रकला को देखने के बाद में , अचानक अमन एक चित्र के पास रूक गये। और चित्र को अमन नीचे से ऊपर और ऊपर से नीचे देखते ही रहे बार बार। मुझे वो देखकर कुछ भी समझमें नहीँ आई। उस चित्रकला के नीचे उसका कीमत लिखा हुआ था। चित्र के हिसाब से मूल्य भी निर्द्धारित की गई थी। वहाँ से जाकर अमन अंकल के पास पहुँच कर कहा —

"अंकल ! वो चित्र को मैं खरीद करना चाहता हूँ। अब मैं उसका कीमत भी अदा कर देता हूँ। आप मेरे लिए अलग़ ऱख लीजिये। "

तब सुनंदा आंटी उनके बग़ल में ख़डी थी। कुछ कहने के लिए तैयार होने से पहले ,पटेल अंकल ने उन्हें रोक लिया। उन्होंने कुछ सुनंदा आंटी को इशारे पे कहा , और आंटी झट से उनकी ईशारा समझ गई। और वहाँ से निकल कर रेजिष्टर की खाता लेने चली गई। उसी रेजिस्टर में बिक्री की सारी अनुबंध रहता है। उसी में सबका नाम दर्ज किया जाता है , जिन्होंने चित्र को ख़रीदा है। वास्तव में वो चित्र मैं ने बनाया था। मैं नहीँ चाहती कि मेरी वाह.वाही को अमन उसवक्त पर , सब के सामने करते रहे। यह बात मैं ने अंकल से कहकर रखी थी। मुझे डर था कि बिना तजुर्बे में , मैं एक चित्रकार हूँ। इसका परिचय तो मैं ने पा लिया , जिस दिन मुझे चित्र बनानेकी सुयोग मिला था । लेकिन मेरी तारीफ़ मैं अपनों से सुनना नहीँ चाहती थी। कहते हैं न कि—

"शुरूआत अगर अपने घर से हो तो तरक्की तब बाहरोंवालों से ही होती है। और प्रशन्सा सिर्फ बाहरोवालों से मिलना अच्छी बात होती है। तब जाकर प्रसार और प्रचार दोनों एक साथ में होता है।

अमन को वो चित्र इतनी पसंद आई कि , जैसे उनके दिलों और दिमाग वहीँ पर लटक कर रह गया था। प्रदर्शनी के हॉल में अनेक लोगों की मौजूदगी होने के कारण , शोरशराबा ज़्यादा हो रही थी। उसी बीच में , एक सज्जन आ कर वहीँ पे खड़े होकर कहा —

"सुनिये सर ! मुझे उस चित्रको ख़रीद करना है। उसका कीमत में कुछ कम हो सकता है क्या ? कहिये। "

तब अपने और से अमन ने कहा उन्हें –

"वो चित्र को मैं ने ख़रीदा। और उसका क़ीमत भी मैं अदा कर चुका हूँ। आप दूसरी चित्र को पसंद कर लीजिये। "

तब वो इंसान का चेहरा एकदम से उतर गया दुःख से। तब पटेल अंकल ने उन्हें कहा —

"देखिये श्रीमानजी ! आप दुःखी मत हुईए। आप के लिए हूबहू यही चित्र को बनाकर मैं दे सकता हूँ। आप कुछ पहले बयाना दे कर रख लीजिये। कुछ दिनों के बाद में , आपको

ऐसा ही चित्र उपलब्धि कराया जायेगा। यह लीजिये मेरा कार्ड और फोन नंबर। आप अपना ठिकाना दे जाईये। आपसे पहले इन्होने वो चित्र को ख़रीद लिया उपयुक्त क़ीमत देकर। आपको मैं वो चित्र नहीँ दे सकता हूँ। अग़र आप उचीत समझें तो आगे बढ़िये।"

वो सज्जन जो थे, चित्र बिक गया सुनकर दुःखी हो गये थे। पटेल अंकल के बातें सुनकर उनकी चेहरे पर थोड़ी सी मुस्कान खिली। उनकी पत्नी उनके पास खड़ी थी। अमन के द्वारा ख़रीदी की गई चित्र को उनकी पत्नी ने मनोनीत किया था। इसलिए उनकी पत्नी ने सज्जन से तुरंत कह दिया —-

"जी हाँ, आप वही कीजिये। मैं अभी कुछ पैसे बयाना के स्वरूप में दे देती हूँ आपको। यह रही हमारा फ़ोन नंबर। चित्र तैयार होने के बाद में, आप हमें जरूर एक फ़ोन कर दीजियेगा। हम यहाँ से आकर ले जायेंगे।"

मुझे पता नहीँ था कि मेरी चित्र का इतनी सराहना की जायेगी। मैं जब पटेल अंकल के घर पर जाती थी, और दोनों पति पत्नी से मिलती थी, मुझे बहुत अच्छा लगता था। अंकल को चित्र बनाते हुये देखकर, मैं दिल में अपनी सोई हुई ख्वाहिशों को जगाया। और मैं ने ख़ुद के लिए एक परिचय बनाया। बचपन से चित्रकला के प्रति मेरी रूचि थी। और उस समय उसकी रूझान बढ़ी। और चित्र बनाने में सक्षम हुआ। और यहाँ पे प्रदर्शनी के हॉल में आकर, मैं ने कुछ अलग़ सा

देखा। मुझे पता चला कि मेरी चित्र के लिए यहाँ पर , चाहनेवाले भी हैं। मेरी कला की हुनर का दीवाना भी है। इसे दीवाना ही कह सकते हैं। कुछ देर में अमन वहाँ से आगे चले गये बाकी चित्रों को देखने के लिये। मैं गर्भबती होने के कारण, सुनंदा आंटी के पास एक कुर्सी में वहीँ पर बैठी रही।

अमन के पश्चात् , बाद में पटेल अंकल ने मुझे कहा –

"देखा बेटा महिमा ! कल से आज़तक तेरी बनाई हुई चित्र काफ़ी बिक गई। मैं ने तुझे कहा था ना बेटा ! तेरे हाथों में जादू हैं। आज तेरे सामने क्या हुआ देखा ना ? ख़ुद अमन भी तेरे चित्र का दीवाना बनकर उसे ख़रीद लिया। तेरे दिमाग़ में जरूर यही सवाल आया होगा कि मैं ने अमन को यह क्यों नहीँ बताया कि वो चित्र को तूने बनाया। बेटा ! जिंदगी का तजुर्बा मेरे पास तेरे से ज़्यादा हैं। और तू ने मुझ से कहा था कि , प्रदर्शनी के स्थान पर तेरा नाम आना नहिं चाहिये। कारण तू इस क्षेत्र में नई है। इसलिए मैं ने कुछ नहीँ कहा। कहाँ पर क्या बात करना है , मुझे अच्छी तरह से मालुम है। अगर अमन पता चला होता कि वो चित्र , तेरे हाथ का करिश्मा है , क्या वो उसे ख़रीद करता था ? नहीँ बेटा ! कभी नहीँ। लोग कहते हैं कि इंसान का हुनर अपने घर से शुरू होता है। क्योंकि सबसे पहले घरवाले पहचानते हैं। मग़र कईबार ऐसा होता है कि —-

"घरवाले ही हुनर को अंजाम तक लाते नहीँ है ।"

क्योंकि ----

"घर की मुर्गी दाल बराबर है।"

ख़ास करके ससुराल वाले कभी ध्यान नहीं देते हैं बहू की हुनर पर। यहाँ पर अमन और तेरे सिवाय और कोई नहीं है। सिर्फ़ छह महीने हुये हैं तुम्हारी शादी को। पति पत्नी एक दूसरे को समझने के लिये सालों साल लग जाते हैं। वो समय आने दो। अमन तेरे बारे में अपने आप जान जायेगा। और तेरी क़द्र भी करेगा। समय सब कुछ कह देता है और कर भी देता है । ख़ुद पर भरोसा कर।"

उसी समय पर अमन की हाज़िर हुई वहाँ पे। तब पटेल अंकल चुप हो गये। और सुनंदा आंटी वहीं पर खड़ी थी। उन्होंने अमन से कहा —

"अमन बेटे ! तुम घर पे चले जाओ महिमा के साथ। मैं मेरे किसी आदमी के साथ तुम्हारा चित्र तुम्हारे घर पर भिजवा दूंगी। स्कूटर में पकड़ कर लेना मुश्किल होगी। टूट भी जा सकती है।"

यह भी सच है। फ़्रेम में बंधा हुआ चित्र सीसे के साथ उपरभाग जुड़ा रहता है। इतने क़ीमत देकर ख़रीदा गया बस्तु अगर टूट जायेगा , तो दुःख तो होगा। इसलिए सुनंदा आंटी की कहना मानकर , हम दोनों ने उस दिन वो चित्र को वहीं

पर प्रदर्शनी के हॉल में छोड़ कर आ गये। उस दिन अमन बहुत ख़ुश थे। और मैं ने उन्हें कुछ भी पूछा नहीँ है। घर पर आकर सिर्फ़ अमन को देखती रह गई।

उस दिन शाम को जब पटेल अंकल और सुनंदा आंटी अपने घर पर लौटे , तब अपने साथ में अमन के द्वारा ख़रीद किये गये चित्र को ,अच्छी तरह से बांध कर अपने घर पे ले आये थे। दूसरे दिन अमन के दप्तर में जानेके पश्चात पटेल अंकल और सुनंदा आंटी दोनों ने उस चित्र को हमारे घर पर, सही सलामत लेकर आये थे । काफ़ी समय तक हमारे घर पे बैठ रहे। मेरे हाथों में बनाये हुए चाय भी पीये। चाय पीते पीते पटेल अंकल ने कहा –

"महिमा बेटा ! देखा न तू ने ? मैं ने कहा तुझे , तेरे हाथ में जादू है। कितने दिवाने निकले , तुझे अंदाजा नहीँ है। अमन के अलावा तेरे सामने वो दोनों पति पत्नी आये थे। उनके बाद और भी लोग आये , तेरे दूसरे चित्र को ख़रीद करने। आज़तक इन दो दिनों के अंदर तेरे हाथों में बनाये गए चित्र , बहुत सारे लोगों ने ख़रीदा। और आज के इस चित्र के साथ तेरी जिंदगी की कमाई का जरिया शुरू हुई है। आगे अगर उसी तरह से उत्साह और लगन के साथ काम करती रहेगी तो , एक दिन कामियाबी तेरे कदम चुमेगी। मग़र तबतक तुझे यही बात को गोपनीय रखना होगा अमन से। क्योंकि रुपये पैसे अच्छे अच्छों का बोलती बंद कर देता है। अभी तेरे पास समय ही समय है। कल से अमन के जाने के पश्चात् , हमारे घर पर आ

जाना। और वहीँ पर बैठ कर वही चित्र बनाना , जो चित्र अमन ने ख़रीदा है। कल दोपहर तक हमारी चित्र प्रदर्शनी ख़त्म हो जायेगी । काफ़ी ऑर्डर आये हुये हैं। हम हमारे घर पर बैठकर बाकी सब चित्र बनायेंगे। कल तेरे मेहनत का फ़ल भी तुझे मिल जायेगा।"

मुझे इस बात पर कुछ भी समझ में नहीँ आई। मैं ने पूछा-

"मेरा मेहनत ? मैं ने क्या मेहनत किया ? कुछ चित्रों को मैं ने पूर्ण रूप दिया था। और कुछ चित्र मैं ने अपनी कल्पना से बनाये थे। आप के घर पर आप लोगों से , मैं मिलने जाती थी। और चित्रों को देखकर मैं आकृष्ट होकर हाथों में रंग और ब्रश लेकर आज़माया था । और क्या ? इस में मेरा क्या मेहनत है?"

तब मुझे दोनों से उत्तर मिला था —

"बेटा ! वही तो असली मेहनत है। एक चित्रकार जब कैनवास के सामने खड़े होकर हाथों में ब्रश लेकर रगों में डुबोता है , तब उसकी दिलों दिमाग एक अनोखी कल्पना में घुमजाता है। उसकी परिकल्पनायें एक सिद्धांत पर पहुँचकर निर्द्धारित करता है कि वो कौनसा चित्र बनाये , जिस में लोगों की नजरें वहीँ पर केंद्रित होकर आकर्षण का बस्तु बन जाये और दर्शकों को लुभा जाये। तब जाकर लोग उन चित्रों को

पसंद करते हैं और ख़रीद भी करते है। इसे असली मेहनत कहते हैं। उसी मेहनत का मूल्य तुझे हम देने आये हैं।"

तब मुझे कुछ भी समझ में नहीँ आई थी। मैं ने उन्हें फ़िर पूछा था –

"मेहनत का मूल्य ? मुझे कुछ भी समझ में नहीँ आ रही है। आप जरा विस्तार से बताओगे? मैं और क्या कहूँ ?"

तब मुझे सुनंदा आंटी ने कहा था –

"बेटी ! इस में नासमझनेवाली बात तो कुछ भी नहीँ है। हमारे घर पर तू ने जितने दिन खड़े खड़े चित्र बनाने में समय अतिवाहित किया , वही है तेरा मेहनत। और तू ने जितने भी चित्र बनाये थे , उनमें से लगभग चित्र बिक गये हैं। और वो हमारे निर्द्धारित किये गये क़ीमत में। यह लिफ़ाफ़ा में तेरे मेहनताना है।"

उन्होंने मेरे हाथों में वो लिफ़ाफ़ा देकर कहा —

"अगर तुम इसी तरह से मेहनत करती रहोगी तो , आगे तुम्हारे नाम के साथ साथ , काम की चर्चा भी होगी। अगर काम होगा तो , नाम भी होगा ना ? नाम के साथ साथ , इनाम की हक़दार भी तुम होगी।"

सच , मैं ने कभी यह नहीँ सोचा था कि , मैं वहाँ तक पहुँच जाऊँगी , जहाँ के बारे में मैं ने मेरे कल्पना में नहीँ सोचा था। इसलिए मुझे मेरी दादी माँ की कहना याद आ गई थी। हमेशा वो कहती थी —

"जीवन में कुछ भी हो सकता है। इसलिए सोच सोच कर, समय का जाया मत करो। सोचने से अच्छा होगा कि कुछ कर दिखाओ। जो कल करना है , सो आज कर। जो आज करना है उसे अभी कर। मेहनत कर। मेहनत के बिना कुछ भी नहीँ प्राप्त होता है। करने के लिए मौके की तलाश कर।"

सच्चाई तो यही है कि , मुझे मौका मिला। और मैं ने मेहनत किया। मग़र मैं यह नहीँ कह सकती हूँ कि मेरी तरह सब को मौका मिलता है। मेरे साथ में जो हुआ , यह एक अज़ीब इत्तफाक था। या संजोग भी कह सकते हैं । मेरी पहली कमाई के साथ में मेरा प्रथम परिचय निर्द्धारित हुआ। मेरे लिए पटेल अंकल और सुनंदा आंटी फ़रिश्ते बनकर मेरी जिंदगी में आये हैं । मेरी पहचान एक चित्रकार के नाम से हुई। कहते हैं कि—

"इस संसार में भगवान है। दिल से उन्हें चाहो , तुम्हारे मदद के लिए आगे हाथ जरूर बढ़ाते हैं। मग़र किसीके जरिये में। भरोसा और विश्वास होना चाहिए।"

उस दिन सुनंदा आंटी ने मुझे जो लिफ़ाफ़ा दिया था , उसी में कुछ रुपये थे। और मैंने उसे तब नहीँ खोला था। उनका

कहना था कि मेरे हाथों में और एक चित्र बनेगा , जिसे वो सज्जन ने ऑर्डर दिया था। अमन के द्वारा ख़रीद गये चित्र के तरह हुब हु रूप में रूपांतर करना है। दूसरे दिन से मुझे वो काम को शुरू कर देना चाहिए। ताकि सही समय पर चित्र बनकर तैयार हो जायेगा। और सही खरीददार के वहाँ पहुँचाया जायेगा। चित्र बनानेकी आग्रह मेरा पहले जैसे था , उससे ज़्यादा बढ़ गया। और मैं ने ख़ुद को उसके लिए तैयार किया। इन सब ख़बर से , अमन बेख़बर थे। कारण पटेल अंकल ने मुझे यही कहा था। –

"देख बेटी ! समय से पहले और समय के बाद में कुछ भी नहीँ होता है। यही भगवान की ईशारे भी कहते हैं। हमेशा अपना कर्म करते जाओ। फ़ल की आशा मत करो। सच्ची लगन और मेहनत हो , तो अपना कर्मफ़ल भी सही समय पर मिल जाता है। तेरे घर पर तेरे हाथों में बनाये गये चित्र , तेरे पति के द्वारा मनोनीत और ख़रीदा गया चित्र दीवार में टंगी हुई , रोज़ अगर अमन के आखों के सामने रहेगी तो , बार बार अमन उस चित्र की तारीफ़ जरूर करेगा। वो सोचेगा कि इस चित्र को मैंने बनाया है। जब लोकलोचन में तेरा नाम प्रसिद्धि पायेगा , और तुझे पता चलेगा कि अब अमन की सही नजरिया तेरे ऊपर पक्की रहेगी , तब तू उसे धीरे धीरे बता पायेगी। तब मैं एक पत्रकारों की बैठक बुलाऊँगा और तेरा नाम का ऐलान करूँगा। "

तब मैं ने पटेल अंकल से पूछा था —

"अंकल ! इतना घुमा फिरा कर कहना क्या सही होगा ? आप ही कहते हो कि –

"पति पत्नी के बीच में कोई बात गोपनीय नहीँ होना चाहिये। फ़िर यह सब करना अमन को अच्छा लगेगा क्या ? गलत नहीँ होगा ?"

तब पटेल अंकल के चेहरे में एक छोटी सी मुस्कुराहट दिखाई दिया। उन्होंने कहा –

"बेटा ! मैं यही सुनना चाहता था। सही मायने में यही होना चाहिए। मैं देखना चाहता था कि तेरे दिल में अमन के लिए क्या भावनायें है। मैं अब निश्चिन्त हूँ कि तेरी हुनर को अमन की ज़ुबान से जरूर मान्यता मिलेगी। वो तुझे आगे और ज़्यादा चाहने लगेगा। बेटी ! यही कर। तुम दोनों के लिए अच्छा रहेगा। आगे चलकर तुम दोनों के रिश्ते में मजबूती आयेगी। "

उसके बाद में पटेल अंकल और सुनंदा आंटी अपने घर पर चले गये। और मैं रसोई में चली गई। शाम ढली थी। ठाकुरजी के सामने दिया जलाना था। और मैं शाम की आरती करने में व्यस्त रह गई। उस दिन अमन दप्तर से कुछ समय से जल्दी आ गये थे । मैं ने जब घरका दरवाज़ा खोला , तब अमन को देखकर मुझे ख़ुशी हुई। आते आते उन्होंने मुझ से कहा –

"महिमा ! जल्दी से एक कप गरमा गरम चाय बना दो मेरे लिए। मेरा सर फटा जा रहा है।"

शयन कक्ष के और जाते जाते , अमन की नजरें अचानक वो चित्र पर पड़ी , जिसे पटेल अंकल के चित्रकला के प्रदर्शनी से अमन ने अपने पसंद से ख़रीद कर रखे थे । इसके कारण से , अमन वहीँ पर रूक गए। उन्होंने मुझ से पूछा —

"महिमा ! यह चित्र पटेल अंकल के चित्रकला की प्रदर्शनी से मैं ने ख़रीदा था ? है ना ?"

मैं ने जब उन्हें "हाँ" कहा तब अमन को बेहद ख़ुशी हुई। और वहीँ पर चित्र से बंधा रहा कागज़ को हटाने लगे खुशी से। मैं उनकी चेहरे की उभरते हुये ख़ुशी को देखते ही रह गई। उस समय उन्हें मेरे बारे में कुछ कहना , मैंने मुनासीव नहीँ है समझा। मैंने सोचा तब —

"काश मुझे इतना प्यार करते , जितना की मेरे हाथों में बनाये गये चित्र से उन्हें जितना प्यार है। अंजाने में सही , मेरे हिस्से में कुछ तो प्यार उमड़ा है। हालांकि मैं जानती हूँ कि अमन का पहला प्यार अनिला है।"

लोग हमेशा कहते हुये आये हैं कि –

"पहला प्यार को लोग कभी नहीँ भूल पाते हैं।"

अमन के दिलों दिमाग़ में , अभी भी अनिला है कि नहीँ , मुझे मालुम नहीँ है। ना मैं कभी जानने को कोशिश की थी। फ़िर भी कुछ कहना ग़लत होगा।

पटेल अंकल और सुनंदा आंटी दोनों घर पर चले गये। सुनंदा आंटी हमेशा बड़ी मुँह फ़ट है। सच्चाई बोलकर टोकना वो कभी छोड़ती नहीँ है। घर पर जाकर सुनंदा आंटी ने पटेल अंकल को गुस्सा करने लगी। बोली –

"पटेल ! तुम्हे यह क्या हो जाता है कभी कभी ? महिमा को तुमने कितने कुछ कह दिया किस अधिकार में ? उनकी अपनी जिंदगानी है। वे किस तरह से अपनी जिंदगी को आगे बढ़ायेंगे , वो ख़ुद तय करेंगे। क्यों यह सब तुम ने उसे कहा ? क्या सोचती होगी वो तुम्हारे बारे में। एक साल भी नहीँ हुआ उन दोनों की शादी को। पता नहीँ तुम्हे क्या पागलपन चढ़ा। आइन्दा तुम ऐसा मत करना। "

पटेल अंकल ने जानबूझ कर ऐसा कहा। कारण शादी से पहले वो अमन को जानते थे। अनिला के साथ अमन को अनेक बार घुमते हुये उन्होंने देखा था। उनके दिमाग़ में यही था कि उन दोनों एक दूसरे से प्यार करते हैं। और शादी भी करेंगे। मग़ार उनका सोच सच नहीँ हुआ है। अमन मुझ से शादी किये। और अनिला की शादी किसी और से हुई।

पटेल अंकल ने कहा –

"प्यार करो किसी से। और शादी करो किसी और से। यह बात महिमा बेटी को मालुम है कि नहीँ पता नहीँ। फ़िर भी अमन के दिलों दिमाग़ से अनिला निकल जायेगी इतनी आसानी से मुझे नहीँ लगता है। ऐसे में पत्नी की प्रगति को अमन सहजा सहज स्वीकार कर पायेगा , यकीन नहीँ है। हो सकता है कि अमन अनिला को भूल चुका होगा। मैं तो दुआ मांगता हूँ कि ऐसा ही हो। महिमा की कमाई का जरिया कुछ भी नहीँ था आज़तक। इत्तेफ़ाक़ से वो हम से मिली। एक कला उसके दिमाग़ में हो या दिलों में उभर कर आया हो , मैं बीमार होने के कारण , उसके सामने अर्द्धांकित चित्र उसके सामने आई। और उसे चित्र बनानेका मौका मिला। लेकिन कई लोग ऐसे होते है कि पत्नी की प्रगति में जलते हैं। ऐसे हालत में अमन महिमा की हुनर को अमन सराहना कर पायेगा की नहीँ , यह हमें नहीँ पता है । ख़ुद के लिये अपना अधिकार को हासिल करके आगे बढनेके लिये , मैंने यह ढोंगबाजी की। बाकी सब उन दोनों की आपस की मामला है। आगे चलकर उसे सुद्दढ बनाना हैं। उसके लिए हम उतना कर तो सकते हैं। मैं ने सोचा —-

"अगर पति पत्नी के बीच में सबकुछ सही चलता होगा तो, अच्छी बात है। अगर सही ना हो तो आगे चलकर महिमा अपनी संसार को अपनी कमाई का ज़रिया बनाकर , अमन की दिल में अच्छी जग़ह बना लेगी। अगर महिमा अमन और उसके रिश्ते को मजबूत कर के आगे बढ़ जायेगी , तो अच्छी बात है। उसे किसकी उपदेश की जरूरत पड़ेगी या नहीँ ,

उन दोनों के बीच में कोई तीसरी नहीँ आयेगी। इतना तो समझ महिमा में है।"

जब अमन घर पर आकर मेरे बनाये हुये चित्र को अपने घर पर पाकर ख़ुश हुये। तब उनको बिल्कुल पता नहीँ था कि वो चित्र मैंने बनाया है। उनके चेहरे की रौनक को मैंने देखा। उसे हृदयंगम किया। सोचा –

"अगर मैं अमन को सच बता दूंगी तो क्या अमन इतना प्यार से मुझे देख पायेंगे ? शादी से अबतक मैंने उनके आखों में मेरे लिए अगर प्यार नहीँ देखा तो नफ़रत भी जाना नहीँ। आम व्यक्तित्व के साथ वो हमेशा पेश आते हैं मेरे साथ। अगर कभी उन्होंने अनिला से प्यार किया था तो क्या हुआ , अनिला को अपनाया नहीँ है ना ?ना मुझे अपना कर पश्चाताप के कारण मेरे साथ दुर्व्यवहार नहीँ करते हैं ? ज़्यादा से ज़्यादा क्या होगा ? मुझ पर नाराज होंगे। देखनेको जाओ तो नाराज़ होने की कोई कारण तो नहीँ है। मेरे इस काम से उनको नुकसान तो कुछ नहीँ होगा। उलटा उनकी मान सम्मान बढ़ेगी। शादी किया तो पति पत्नी के बीच में कुछ भी गोपनीय नहीँ रखना चाहिए। चलो सच्चाई क्या है बता देती हूँ। अमन ने भी तो उनके अतीत के बारे में मुझे सबकुछ बता दिया। फ़िर मैं इस अच्छी बात को छुपाकर क्यों रखूँ ?"

इसी सोच में रहकर मैं अमन के पास आई। और उनके पास में खड़ी होकर उनसे पूछा —

"क्या सच में यह चित्र इतना पसंद है आपको ?इसे कहाँ पर लगाना है ?"

मुझे देखकर अमन ने अपनी राय सुना दी। उन्होंने कहा—

"हाँ महिमा !मुझे पहली नज़र में यह चित्र पसंद आ गई। इसलिए तो मैं ने इसे ख़रीदा। मुझे लगता है कि पटेल अंकल जादूगर है। मेरा मतलब , पटेल अंकल जैसे हाथ को इस्तेमाल करके अपनी हुनर का कमाल दिखाते हैं , ऐसे ही जादूगर अपने हाथों के सफ़ाई में कमाल दिखाता है। उनका हाथ चुमना चाहिए। कला के पुजारी है पटेल अंकल। वर्ना इतने मस्त मौले हो कर , इतनी अच्छी अच्छी चित्र नहीँ बनाते। उनकी क़ाबलियत तो सराहनीय है। इसलिए उनके हाथ को चुमने की मन करता है।"

अमन से यह सब सुनकर मुझे अच्छा तो लगा। लेकिन मुझे एक द्वन्द में घिरना पड़ा। द्वन्द ऐसा कि अगर अमन मेरे नाम से रूबरू होंगे कि उनके द्वारा चुने गये और ख़रीदी किये गये चित्रकला की मैं हूँ सूत्रधार अथवा वो चित्र मेरे हाथों में बनाई गई है , तो ?उनके बिना इजाज़त के मैं यहाँ तक पहुँच चुकी हूँ , तो क्या उन्हें बुरा नहीँ लगेगा ?उन्हें गुस्सा नहीँ आयेगी ? फ़िर भी अमन के सामने मैं कुछ सच्चाई छुपाना नहीँ चाहती थी। कहते हैं कि —

"पति -पत्नी का रिश्ता सिर्फ़ भरोसा और विश्वास पर टिकता है। वर्ना कभी रिश्ता डगमगायेगा या टूटनेकी कागार पर पहुँचेगा पता नहीँ चलता है। ख़ुद को अगर सच्चाई के स्थान पर रख सकते हो तो , और कोई भी झूठ बोलनेके लिए हिम्मत नहीँ कर पायेगा। इसलिए मैं ने अमन से कहा –

"अमन ! आपके सामने वो कलाकार खड़ी है , जिसने यह चित्र को यहाँ तक पहुँचाया। आपने सोचा इस चित्र को पटेल अंकल या सुनंदा आंटी ने बनाये होंगे। मग़र सच यही हैं, जो आपने सुना , और मैंने अभी अभी आपको बताई है।"

अचानक अमन वहाँ पे सोफ़े के ऊपर बैठ गये। अच्छा हुआ कि उनके हाथों में होता हुआ चित्र छूटा नहीँ था। वर्ना वो कांच के फ़्रेम के साथ नीचे गिर जाता था और टूटता भी था। कुछ पल में उनको ध्यान आया कि उनके हाथों में कांच के फ़्रेम में बंधा हुआ चित्र है । वो गिरा नहीँ। चित्र को सही सलामत में देखकर उन्होंने राहत की साँस ली। उसके बाद में वे मेरी और देखकर अपने आँखों के पलकें झपकाये नहीँ। अमन को उसी तरह के हाल में देखकर , मुझे भी चित्र को लेकर शंका उत्पन्न हुई थी। मग़र वो शंका दूर हो गई। ज़्यादा देर तक अमन सोफ़े के ऊपर चुप होकर नहीँ बैठ पाये। चित्र को वे अच्छी तरह से निहारते रहे। उन्हें अच्छी तरह से पता था कि –

"जब एक कलाकार अपनी चित्र को अंजाम तक पहुँचाता है , तब उस चित्र में अपना दस्तख़त जरूर रखता है।"

मेरी ऊपर से नज़र हटाकर अमन वो चित्र को निहारते रहे सच्चाई को जाननेके लिए। मैंने भी मेरे हर एक चित्र में एक कोने में छोटे छोटे अक्षरों में दस्तख़त करके रखी थी। चित्र पर नज़र डालते डालते अमन के नज़रों मेरी दस्तख़त दिख गई। और एक मुस्कान देकर अमन ने मुझे पूछा –

"इतनी हुनर होते हुए भी तुमने कभी भी मुझे इसके बारे में बताया तक नहीँ है। जब मैंने कीमत देकर इस चित्र को ख़रीदा , तब भी तुम चुप रही। पटेल अंकल अथवा सुनंदा आंटी ने तुम्हारे बारे में मुझे कुछ कहा नहीँ। कब और कैसे तुमने इस को बनाया ? मुझे तो पता नहीँ चला। कारण क्या है?"

मैंने अमन को बताया कि ,मैंने इसी तरह से अनेक चित्र बनाकर पटेल अंकल के चित्रकला के साथ में प्रदर्शनी भेजा था। और आख़िर दिन होते होते वो सब बिक चुके हैं। और उसके मूल्य में जितने भी रुपये संग्रह किये गये हैं , वो सब रुपये उन दोनों के द्वारा मुझे मिले हैं। मैंने किस तरह से पटेल अंकल और सुनंदा आंटी के साथ परिचित हुई। और मुझे किस तरह से चित्र बनानेकी मौका मिले , सब कुछ अमन को बिस्तार से बताया। सिर्फ़ उतना नहीँ , प्रदर्शनी के बाद में भी मुझे और चित्र बनाने की ऑर्डर भी मिली।

मुझ से सबकुछ सुनने के पश्चात् , अमन को यकीन तो हुआ है। फ़िर भी कहीँ ना कहीँ उनके दिलों दिमाग़ में किंतु, परंतु सवाल उठा था। शादी के छह: महीने गुज़र जाने के बावजूद वे मुझ से अच्छी तरह से रूबरू हुये नहीँ थे। शायद उनके दिलों दिमाग में आज़तक अनिला घुम रही थी। प्यार तो अँधा होता है। अँधा प्यार कहीँ पर भी अच्छा बुरा नहीँ देखता है। लोग अपना प्यार पाने के लिए सारी कायनात को इकठ्ठा कर लेते हैं। इनके जिंदगी में ऐसा हुआ कि नहीँ , मैं कह नहीँ पाऊँगी। लेकिन दोनों ने अलग़ अलग पात्र से विवाह जरूर कर गये , यही दोनों का कहना था।

उस दिन सब कुछ मालुम करने के बाद में अमन क्या प्रतिक्रिया मेरे सामने देंगे , वही मुझे जानना था। अमन को क्या मुझ से कहना है , उन्हें समझ में शायद नहीँ आ रही थी। उनके हाथों में होता हुआ चित्र में मेरा दस्तख़त देखकर , उन्हें मेरी बातों पर यकीन करने के लिए विश्वास किया । उनकी मुस्कान यही जता रही थी। पटेल अंकल के द्वारा दिये गये मेरे मानधन को मैंने लिफ़ाफ़ा को बिना खोले , अमन के हाथों में दे दिया। और कहा —

"इस लिफ़ाफ़ा में मेरा पारिश्रमिक है। इसे पटेल ने हमारे घर पर आकर मुझे दिया था। "

अमन मेरे हाथों से वो लिफ़ाफ़ा लिया नहीँ था। उन्होंने मुझे कहा था —

"इस पर तुम्हारा अधिकार है। आज़तक इतने महीने गुजर जानेके बाबजूद , मुझे पता नहीँ चल पाई थी कि तुम एक कलाकार हो। कला भगवान का दिया हुआ अद्भुत हुनर है। इसे भगवान का आशीर्वाद समझो। मुझे बेहद ख़ुशी हो रही है कि –

"मेरी बीवी एक कलाकार है। और मैं कला की पूजारी हूँ। कला तो कला है , हमेशा सराहनीय है। तुम्हे मैंने कहा था कि इस चित्र को जिसने बनाया है , मैं उनके हाथों को चुम लूँगा। वास्तव में यही सच है। मैं तुम्हारा हाथ जरूर चूमूँगा। मैंने सोचा था कि इसे पटेल आंटी किंवा पटेल अंकल ने बनाया है। उनको ध्यान में रखकर मैंने यही कहा था। पटेल दंपति के स्थान पर सच्चाई में तुम हो इसकी हक़दार।"

मेरे दोनों हथेलियों को अपने हाथों में लेकर अमन उसे चूमने लगे थे। उनका स्पर्श मुझे एक शिहरण सी कुछ अनुभव दे रही थी। अमन के सामने मुझे शर्म आ रही थी। फ़िर भी मैं चुप रही थी।

कहते लोग अक़सर कि –

"जिंदगी में कुछ भी हो सकता। कुछ भी अनुमान पूर्वक कहना मुश्किल है। हर एक मोड़ पर बदलाव का एहसास तो होता है।"

मेरी जिंदगी में भी वही बदलाव का समय मुझे देखनेको मिला था। छोटी उम्र में शादी होने के कारण से , मुझे दुनियाँदारी की कोई तजुर्बा नहीँ थी। परिवार के छत्र छाया में रहनेके कारण , अकेले में कुछ किया नहीँ था। आगे बढ़नेके लिये कोशिश कर रही थी। जब अनिला से मुझे अमन के प्रेम प्रसंग के बारे में मालुम पड़ा , तब मैं थोड़ी सी सहमी हुई थी। प्यार में लोग आगे पीछे कुछ भी नहीँ देखते हैं। यहाँतक कि अपने माता पिताको भूल जाते हैं। ऐसे में दूसरे के द्वारा मनोनीत की गई लड़की से शादी करके , जिंदगी कहाँतक आगे जा पायेगी , मुझे पता नहीँ था। कभी कभी दिल और दिमाग में एक तरह का विद्रोह जाग उठती थी बगाबत करनेके लिए।

"लोग प्यार क्यों करते हैं ? अग़र प्यार करते हैं तो , उसे क्यों नहीँ निभा पाते हैं ? नाक़ामियाब प्यार के बीच में अगर कोई तृतीय व्यक्ति जुड़ जाता है तो , उसे स्वीकार क्यों नहीँ किया जाता है ? अगर किस तरह से स्वीकार हो जाता है तो पूरी तरह से क्यों नहीं ? क्यों जिंदगी भर उसे घुट घुट कर जीना पड़ता है ?"

सोच को सोच में रख कर मैं आगे बढ़ रही थी। मैं अपनेआप से सवाल पूछ रही थी कि —

"मैं हूँ कौन ? मेरा अपना परिचय क्या है ? अगर मैं एक बेटी हूँ तो मुझे मेरे माता -पिता अपने साथ में क्यों नहीँ रख

पाये ?अग़र लड़की को पराये के घर पे जाना पड़ता है तो , उसे अपनाने वाले पूरी तरह से क्यों नहीँ अपना पाते हैं ? उसमें एक लड़की का कसूर क्या है ?हर एक लड़की को अपने माता -पिता के घर पर , अपना स्वयं परिचय क्यों नहीँ मिलता है ?इसका कारण क्या है ?मुझे मेरा परिचय क्यों नहीँ मिला ?मेरा कसूर क्या था या है ?"

इसी तरह से हमेंशा मैं अनेक सवालों से घिरी रहती थी। ना प्यार मुझे मिलता था ना मुझे तिरष्कार मिलती थी। मैं हमेशा एक तरह की कश्मक़श में रहा करती थी। आज जब मुझे मेरा अधिकार मिल रहा है , तो मैं उसे कैसे समेटूं , मुझे समझमें नहीँ आ रही थी। मेरे आँखोंसे दो बून्द आनंदाश्रु बह गये। मुझे यह बात का पता नहीँ था अमन को चित्रकला बहुत पसंद है। कईबार उन्होंने खुद कोशिश की थी कि वो खुद कुछ बनाये। लेकिन हाथ में पेन्सिल पकड़ते ही उनका हाथ काँपता था। चित्र बनाना तो बहुत दूर की बात रही थी। कैनवास पर रंग चढ़ाना तो सवाल नहीँ उठता था। मुझे यह बात का पता नहीँ था। उस दिन जब मेरा हाथ पकड़कर अमन चुम रहे थे , तब उन्होंने मुझे वही बताया। अनिला हमेशा अमन को बोलती थी कि , उसे चित्रकला बनाना अच्छी तरह से आता है। उसने कागज और पेन्सिल पकड़ कर कईबार कितने तेडेमेडे चित्र बनाकर अमन को दिखाई थी। तब दोनों के बीच में नया नया प्यार उमड़ रहा था। और अनिला की बातों में यकीन करके प्यारको और गहरा बनाना अमन चाहते थे। अनिला बोलती थी कि —

"शादी के बाद में वो एक कलाचित्र का कार्यशाला बनायेगी। और बच्चों को शिक्षा देगी। इसमें अमन को बहुत अच्छा लगता था। वे भी वही सोचते थे। अनिला के लिए एक रोजगार का स्वयं साधन मिलेगा। अमन की चिंताधारा बड़ी ऊँच कोटी की थी। जब जब मैं उनकी नजदीकी आने लगी , उतना ही उनकी अच्छी आदतों के बारे में मुझे पता चला था। मेरे दिलों दिमाग़ में अमन के बारे में जो ग़लत फ़ेहमी शुरू हो रही थी , वो आहिस्ता अहिस्ता दूर होती रही है।

वास्तव में अगर अपनी शादी के बाद में किसी पत्नी को पता चले कि उसका पति का किसी और से प्यार हुआ था। और पति की शादी से पहले का प्यार आकर दावा करें कि , उसे अभी भी पहला प्यार पाने का हक़ है , तब उस पत्नी के पास कौनसा रास्ता बच जाता है अपनी शादीसुदा जिंदगी को बचाने के लिए , यह बात द्वन्द में पड़े पत्नी कुछ निर्णाय नहीँ ले पाती है। शादी से पहले अगर मैंने किसी से प्यार नहीँ किया था तो क्या हुआ ? शादी के बाद में अपने पति से बेहद प्यार करने लगी थी। और आज भी वही प्यार बरकरार है। मरते दम तक प्यार करती रहूँगी।

कैसे भी मैंने पति के छोड़े हुये प्यार से ,अपनी संसार को बचानेके लिए सक्षम हुई थी , फिर जबतक पति के दिलों दिमाग़ में क्या चल रहा है , मुझे मालुम नहीँ पड़ता है , तबतक कहीँ ना कहीँ एक डर सा मेरे दिल में हरदम सताता रहेगा और सताता था भी। उस दिन यह सब घटित होने के बाद में,

जब आशा की किरण जाग उठी , तब मैंने अमन के हाथों मे पटेल अंकल के द्वारा दिए गए मेरा पारिश्रमिक के रूप में कुछ रुपये थमाकर कहा —-

"अमन ! यह रुपये सब मेरे पारिश्रमिक के रूप में मिले हैं। मेरे हाथों में बनाये गए सारी चित्र बिक चुके हैं। आगे मुझे दो तीन ऑर्डर भी मुझे मिला हैं। अमन ! आप ख़ुश है न ?"

सच में अमन बहुत ख़ुश हुये थे उस दिन। और उस दिन उन्होंने पटेल अंकल से मिलकर उनकी शुक्रिया अदा की। और हमारी जिंदगी में एक नया मोड़ आया। जैसे अमन मेरी और हमेशा ध्यान रखते थे , उसी तरह ,मैं अमन के संसार को मेरे संसार में शामिल करके हम दोनो आगे बढ़ते गये। दिलों दिमाग़ में कुछ जोश सा जूनून भर गया। दूसरे दिन शाम को मुझे अमन ने कहा था —

"महिमा ! आज मैं दप्तर से घर पर जल्दी आ गया हूँ । चलो , कहीँ बाज़ार से खरिददारी करके आ जाते हैं।"

मेरी पहली कमाई मुझे मिला था। मैं बहुत ख़ुश थी। मुझे आश्चर्य लगा कि इन ६ महीने के अंदर , अमन ने मुझे एक एक बार भी कहीँ बाज़ार में लेकर नहीँ गये हैं। उसके लिये मुझे ख़ेद नहीँ था। हाँ , एकबार पटेल अंकल के प्रदर्शनी देखने मैं अमन के साथ में गई थी। यूँही कहो तो वो प्रदर्शनी मेरे चित्रकला के पहला प्रदर्शनी था। मैं सोचती थी कि –

"अमन हमेशा दफ्तर रहते हैं। सुबह उठकर वो उसके तैयारी में लग जाते हैं। दफ्तर से वापस आनेका कोई समय निर्द्धारित नहीँ रहता है। एक दिन रविवार को आराम करना चाहिये उन्हें। मुझे घुमाने के लिये अग़र समय निकालेंगे तो अमन को आराम नहीँ मिलेगी। मेरा क्या ? मैं तो रोज़ रोज़ किसी बहाना में बाज़ार तक हो आती हूँ। अगर शिक़ायत करके बैठ जाऊँ तो , अमन जरूर मुझे लेकर कहीँ बाहर जा सकते हैं। लेकिन दिल से लेकर नहीँ जायेंगे जरूर। किसी के साथ ज़ोर जबरदस्ती से काम कराना सही नहीँ , अगर वो काम कभी दिल से ना हो तो। इसलिए मैं अमन को इसके बारे में कुछ भी नहीँ बोलती थी। और जब मैं कभी घर से बाहर निकलती थी तो , मैं खुद से सवाल करती थी —

"मैं हूँ कौन ? मेरा परिचय क्या हैं दुनियाँ के सामने ? अमन की बीवी ? क्या उतना ही मेरा परिचय रह जायेगा। जिसके नाम से मैं मेरा परिचय कायम करना चाहती हूँ , उन्होंने कभी दुनियाँ के सामने मुझे साथ में लेकर , परिचित कराना भूल गये हैं। अपने साथ में मुझे लेकर कहीँ गये नहीँ हैं। दो पल मेरे साथ में बैठकर सुख दुःख के बातें किये नहीँ है। लगभग दिन मेरे सोच में निकल जाते थे। जब से पटेल दम्पति से मैंने तालुकात कायम किया , तब मेरे सोच को एक पिटारा में मैंने बंद कर दिया था यही सोचकर कि –

"अगर मुझे मेरा परिचय मिलनेका मौका मिल रहा है तो , ऊपरवाला मेरे लिए जरूर कुछ अच्छा सोचा होगा , या

सोचता है। फिर मैं क्यों बेवज़ह का सोच को जोर ज़बरदस्ती से मेरे दिलों दिमाग में जग़ह दे दूँ ?"

अमन के कहने पर मैं तैयार होने चली गई कमरे के अंदर। कुछ समय के बाद में , मैं तैयार होकर बाहर आ गई। मेरा सजना और सवरना कभी कभार होता था। क्योंकि मैं कभी भी अमन के मौजूदगी में तैयार हो कर ,घर से बाहर नहीँ निकली थी। सुबह जब मेरा आँख खुलते हैं , तब मैं बिस्तर छोड़कर घर के काम में लगजाती हूँ। काम ख़त्म होते ही नहा धोकर कुछ समय पूजा पाठ में मन लगाती हूँ। फ़िर अमन के लिए चाय बनाकर उनको बिस्तर से जगाती हूँ। तब मैं घर के लिबास में होती हूँ। घर बैठे बैठे सजधज़ के करूँ तो क्या करूँ ? अमन भी कभी उस नज़रिया से देखना चाहते थे , या उनकी ईच्छा रही थी , वो सब मैं जान नहीँ पाई। शायद उस वक़्त अमन कोई और ख़्याल में रहे होंगे , मुझे पता नहीँ चल पाया था।

उस दिन जब मैं तैयार होकर कमरे से बाहर निकली , तब अमन मेरी और देखते ही रह गये थे। मेरी और से उनकी नजरें हटती नहीँ थी। मुझे ध्यान था। जब मैंने उनकी और देखकर अमन से पूछा —

"चलिये , मैं तैयार हूँ। "

तब मैंने उनके चेहरे पर जो रौनक देखा , वो सब मुझे पहले देखनेको नहीँ मिला था। मेरे आँखोँ के साथ अमन के आँखें मिलते ही , अमन वहाँ से उठ कर खड़े हो गये। और उन्होंने कहा —-

"अब चलते हैं। मैं स्कूटर निकाल रहा हूँ। तुम ताला बंद करके गेट के पास आ जाना।"

अमन की नज़रों में मेरी जगह शायद धीरेधीरे जड़े जमा रही थी। मग़र मुझे अच्छा लग रहा कि , अमन मेरी ओर ध्यान दे रहे हैं। शादी के बाद में अगर पति पत्नी को अच्छी तरह से रखे तो , पत्नी को और क्या चाहिए ?

"सोने पे सुहागा।"

घर पर मैं ताला लगाकर नीचे उतरते समय , मुझे सुनंदा आंटी हमारे घर के बाहर मिली। हमारी मुलाक़ात अक्सर घर के बाहर हो जाती है रोज़। उस दिन मुझे देखकर सुनंदा आंटी ने पूछा —-

"बेटी ! कहीँ बाहर जा रही है ?"

थोड़ी सी मुस्कुराहट देकर मैंने सर हिलाकर हाँ भर दी। और आंटी ख़ुश हो गई। मैंने उनसे बिदाई लेकर गेट के पास आ गई। इससे पहले मैं ने एकबार स्कूटर में अमन के साथ

में बैठकर पटेल अंकल के चित्रकला प्रदर्शनी देखनेके लिए गई थी। और आज दूसरी बार स्कूटर में बैठने जा रही हूँ। स्कूटर में बैठकर कहीँ पर आना जाना , मेरी आदत नहीँ थी। इसलिए उसदिन भी मुझे डर लग रहा था। और आज वही डर है दिलों दिमाग़ में। ना भी नहीँ बोल सकती हूँ। उस दिन जब पहलीबार मैं अमन के साथ स्कूटर में बैठकर जा रही थी, तब अमन के और से ऐसा कुछ भी कहा नहीँ गया था। मगर दूसरी बार जब मैं स्कूटर में बैठने जा रही थी , तब अमन ने मुझे कहा —-

"मेरे कन्धों पर हाथ ऱखकर चढ़ जाओ। और मुझे पकड़ कर बैठो। "

मैं ने उन्हें बिना कुछ कहे , स्कूटर में बैठा। और बाज़ार के ओर हम दोनों निकल गये। मेरा मन उसदिन बहुत प्रसन्न रहा था। कारण मुझे मेरा पति का सहयोग मिल रहा था। जाते जाते रास्ते में अमन मुझ से कुछ कुछ कह रहे थे। क्या कह रहे थे , आज के दिन में मुझे कुछ भी याद नहीँ है। फ़िर भी मैं उनको सुन रही थी। हाँ या ना में उनको ज़वाब दे रही थी। शाम होने आई थी। बाज़ार में चारों ओर रौशनी ही रौशनी दिखाई पड़ रही थी। रात को जगमगाये हुये रंगीन रौशनी में बाज़ार का दृश्य बड़ा सुन्दर लग रहा था। पहली बार बाज़ार में , मैं शाम या रात के समय में आई थी।

हमारे गाँव में रात को बाज़ार बंद हो जाती थी। इसलिए रात में बाज़ार का दृश्य कैसे दिखता है , उससे मैं अनजान थी। शहर में हमारे कई रिश्तेदार रहते हैं। और हम लोग उनसे मिलनेके लिये उनके वहाँ जरूर जाते थे। लेकिन रात के समय से पहले हम लोग गाँव का बस पकड़ कर , घर पर वापस आ जाते थे। इसलिए रात के समय में शहर या उसके बाज़ार कैसे दिखते होंगे , मुझे पता नहीँ था। बाज़ार में लोगों की आवाजाही के साथ साथ , बिभिन्न प्रकारके जान बाहनों के चलते फ़िरते दृश्य मुझे अच्छा लगता था। मैं उसी आनंद को हृदयंगम कर रही थी चुपचाप से। सोचती थी —

"हमारे गाँव में ज़्यादातर प्राकृतिक दृश्य रहता है। चारों और नियति की खुशनुमा परिवेश है। और हक़ीक़त यही है कि लोग पकृति के बीच में रहना पसंद करते हैं। नैसर्गिक वातावरण में रहनेका मज़ा कुछ और है। मग़र जब लोगों के सामने रोज़ी रोटीका सवाल उठता है , तो पढ़े लिखे होकर लोगों को कुर्सी का नौकरी चाहिए होता है। किन किन के नसीब में अगर सरकारी नौकरी लिखा रहता है तो , वही लोग घर के आसपास रहनेके लिए मौका पाते हैं। लेकिन सबके नसीब में यह ख़ुशी लिखा नहीँ रहता है। इसलिए वो लोग शहर का रुख करते हैं। हमारे तक़दीर में शहर में रहना लिखा हुआ था। और हमनें उसे अपना लिया। अगर तुलना करने में लग जाओ , तो कोई किसी से कम नहीँ। सबकी अपनी अपनी सौंदर्य है। वो हक़ीक़त है।

उस दिन अमन को क्या क्या खरीद करना था पता नहीँ, वो अपने पसंद से और कभी मुझे पूछते थे, उसी तरह से शाम की खरीददारी रात तक चलती रही। स्कूटर में लाद कर इतने सामान को लेकर कैसे घर जायेंगे सोचकर अमन ने एक टैक्सी को बुलाया। और मैं टैक्सी में और मेरे पीछे पीछे अमन स्कूटर में घर पर पँहुच गये। सिर्फ़ उतना नहीँ। अपने घर के पत्ते पर कुछ खाने का ऑर्डर भी दे दिये थे। सही समय पर खाना भी अपने घर पर पहुँच गया था। उसदिन का समय मेरे लिए बड़ा यादगार पल था।

दूसरे दिन ऐसा तो कुछ ख़ास काम मेरे लिए था नहीँ। अमन दप्तर चले गये। बाज़ार से ख़रीद किये हुये सामान को मैंने यथास्थान पर व्यवस्थित करके रखा। और पटेल अंकल के घर पर चली गई। उनसे और सुनंदा आंटी से मिलना, मेरा रोज़ाना की कार्यसूची में रहता था। पहले अमन के दप्तर जाने के बाद में, मेरे लिए खास कुछ काम नहीँ रहता था। लेक़िन उस दिन के बाद में, मेरे लिए काम ही काम रहा। चित्र बनाने का काम रहा।

कुछ दिनों के बाद में, पटेल अंकल को एक बड़ा काम मिला। पास में एक *5star* होटेल की उद्घाटन होने जा रही है। उद्घाटन से पहले होटेल के दिवारों में टँगाने के लिए ढ़ेर सारे चित्र की आवश्यक है। उसे पूरा करनेका काम पटेल अंकल को मिला है। बहुत कम समय के अवधी में, इतने सारे चित्र बनाकर मुहैया कराना, आसान बात नहीँ रहा उनके

अकेले के लिए। उनके साथ में सुनंदा आंटी उनकी मदद के लिए सदैव रहती है। फ़िर भी मुझे बिना पूछकर उन्होंने वो ऑर्डर ले लिया। कारण मैं उनके साथ शामिल हो सकती हूँ, यही उनको भरोसा था। सुनंदा आंटी ने एकबार पूछा –

"ओजो ! महिमा को बिना बताये, आपने इतना बड़ा निर्णय ले लिया। महिमा अब गर्भवती है। क्या वो साथ दे पायेगी ? मुझे नहीँ लगता है।"

पटेल अंकल जितना ख़ुद पर यक़ीन रखते हैं, उतना ही मुझ पर भरोसा करते हैं। उन्होंने सुनंदा आंटी से कहा —

"सुनंदा ! यह सच है कि मैं महिमा को ध्यान में रखते हुए इतना पड़ा चुक्ति पत्र स्वीकार किया। लेकिन सुनंदा ! तुम भूल जाती हो कि सब से पहले मैं एक चित्रकार हूँ। एक चित्रकार जब काम को अपने हाथों में लेता है, तब वो किसी के भरोसे के ऊपर यकीन करके, काम अपने हाथो में लेता नहीँ है। वो ख़ुद के भरोसे पर आगे बढ़ता है। इससे पहले मैंने अपने हाथ में अनेक काम लेकर, उसे पूरा किया हैं। आज अग़र वो काम मैंने अपने हाथों में लिया तो, उसे पूरा करनेके मक़सद से लिया है। पूरी करनेकी ईरादे से। हाँ, तब महिमा मेरे साथ नहीँ दिया करती थी। तुम और मैं दोनों मिलकर किया करते थे। आज भी जो काम मैंने अपनी ज़िम्मेदारी से लिया हैं, उसे तो मैं पूरा करूँगा। अग़र महिमा का साथ मिल

जाय तो क्या बात है ?और आगे बढ़िया होगा। उसे मैं वाध्यता नहीँ करूँगा। वो अपनी मर्जी से काम करेगी।"

लोग कहते हैं कि –

समय से वलवान कोई नहीं है। वो कैसे कैसे समय लेकर खड़ा कर देता है , किसीको पता नहीँ चलता है। यही सच है कि मुझे पटेल अंकल के जरिये काम मिलते रहे। हाथ में दो पैसे मिलते रहे। अमन के आमदनी के साथ मेरे कमाई , साझे हो गये तो जीवन बेहतर होती रही। इंसान को यही तो चाहिए जीने के लिए। पेट के लिए दो वक्त के लिए रोटी , पहनेके लिए तन को कपड़े और रहनेके लिए एक मकान चाहिए। हमारे पास वो सब आ गया था ईश्वर की दया से। बस समय बीतानेके लिए कुछ काम चाहिए था। अमन की नौकरी उनके साथ रही थी। और मुझे बिना मांगे काम भी मिले। इसलिए आगे हम धीरे धीरे चलते गये। ना किसी से गीले शिक़वे , ना किसी के नाम पर अंहभाव या किसी से अशांति हम होते थे। अमन को अब समझ में आ गई कि जो तक़दीर में नहीँ था , वो मिला नहीँ। उसके लिए ख़ेद करके दुःखी होने से बेहतर है कि जो मिला , उसीमें अपनी खुशियाँ ढूंढ लेने में भलाई है। खुशियाँ ख़ोज करके मिलता नहीँ है। खुशियाँ अपने आप में हैं। एकबार उसीका खोज करके आगे बढ़ने से कामियाबी मिलती है।यही सच्चाई है।

दिल में हमेशा आत्मसंतोष अगर है , थोड़ासा ख़ुद को बदलने में , और औरों को समझनेमें बहुत परिवर्तन दिखाई जाता है। सिर्फ़ जरूरत है अपने आप में निर्णय लेने की। कारण परिवर्तन जिंदगी का दूसरा नाम है। समय समय पर , बदलाव होना भी आवश्यक है आगे बढ़नेके लिए। इसमें ख़ुद के साथ साथ औरों की भी भलाई होती है। इसलिए परिवर्तन के लिए हमेशा तैयार होना चाहिए। इस बात का उदहारण अमन है। उनके जिंदगी में जो भी घटनायें घटी , वो समय का तकाज़ा था। जानबूझ कर कोई इस समय का इंतजार नहीँ करता है। कारण प्यार कभी समझौता करना नहीँ चाहता है । ना आगे देखता है , ना पीछे देखता है। उसे सिर्फ़ प्यार पानेका जूनून रहता है।

अमन और अनिला दोनों समय के हाथों में खिलौना बन गये थे। दोनों परिवार के निर्णय पर स्वीकृती देने के लिए , या स्वीकार करनेके लिए , मजबूर हो गये थे। मग़र उसमें मेरा कोई हाथ नहीँ था। अनिला के बारे में मैं कुछ भी नहीँ कह सकती हूँ। मग़र अनिला से मिलकर मुझे लगा कि अमन को भूलना उसकी बस की बात नहीँ थी। वो चुप होकर नहीँ बैठी थी। अपने प्यार को पानेके लिए कोशिश में लगी थी जरूर। कामियाबी नहीँ मिली , वो अलग़ बात है। फ़िर भी वो कोशिश से पीछे नहीँ हटी थी।

अनिला और अमन एक दूसरे से मिले थे , हमारी शादी के बाद में या नहीँ , उसके बारे में मैं अनजान हूँ। मग़र अमन

ख़ुद के अतीत के बारे में मुझे सच ही बताया था। इसलिए अमन के लिए मेरे दिलों दिमाग़ में , एक अलग़ सा इज्ज़त भरी भावनायें है। शादी के बाद में उन्होंने मुझ से झूठ नहीँ कहा था।

"शादी अगर एक सात बचनों की प्रतिश्रुति है , तो एक जिम्मेदारी भी है। "

उसी जिम्मेदारी को इम्मानदारी से निभाते हुये , आगे अमन मेरे साथ बढ़ते रहे। प्यार उन्हें मिला नहीँ , उसके लिए दुःखी होकर बैठे नहीँ। चिंता में रहकर ख़ुद को कभी नुक़सान पहुँचाया नहीँ। मेरे लिए कभी बेपरवाही किया नहीँ। कुछ समय के लिए बहक गये थे। फ़िर भी दूसरे पल में सच्चाई को स्वीकार करके आगे बढ़ गये। और मेरा प्यार उनके लिए मज़बूत होकर खड़ा रहा।

"उस समय में सुनन्दा आंटी से मुझे पता चला कि ,पटेल अंकल को काफ़ी काम मिला है। अगर मैं चाहूँ तो उसी काम में मैं ख़ुद को शामिल कर सकती हूँ। "

मुझे यही तो चाहिए था। मुझे हमेशा काम मिलते रहे , इसके लिए मैं दुआयें मांगती रही। कहते हैं कि –

"जो भी काम करो ,अपनी दिल से करो। "

मेरे दिल में हमेशा काम पाने की आशा रहती थी। सुनंदा आंटी से सुनकर मैंने तुरंत अपनी सम्मति बता दी थी। उस बात पर मुझे ख़ुशी हुई थी। और मैं अपने काम में लग गई थी। मुझे मेरा परिचय लोगों के सामने धीरे धीरे प्रचार होते गये थे।

समय के साथ चलने में समझदारी है। और हम दोनों ने भी समय के साथ साथ उसके द्वारा दिए गए कर्म को स्वीकार कर के चलनेकी कोशिश में लगे रहे। होटेल का काम ख़त्म होने तक , मेरी प्रसूति का समय भी आ चुका था। डॉक्टर के परामर्श में , अमन सबकुछ करते रहे। मुझे हमेशा वो आराम करनेके लिए कहते थे। मग़र मुझे आराम से बैठ कर समय को अतिवाहित करना बेकार में , मुझे अच्छा नहीँ लगता लगता था। तब मैं उन्हें यही कहती थी

“अमन !मेरे लिए इतनी चिंता मत करों। मुझे मेरे सेहत के लिए ध्यान है। मैं आराम कर लूँगी जब मुझे जरूरत होगी। और मैं आराम करती हूँ। ”

मेरे प्रसूति के कुछ दिनों से पहले , अमन ने एक महीने के लिए अपने दप्तर से छुट्टी ले लिए थे। इन दिनों के दर्मियान में अमन ने मुझे एक भी काम करने नहीँ दिये थे । मुझ से पहले अमन बिस्तर से जाग कर , दोनों के लिए चाय बनांते थे। मुझे जगाते थे। फ़िर दोनों मिलकर चाय पीते थे। पहले से मुझ से यही कह कर रखे थे —

"डॉक्टर ने कहा कि तुम्हारी प्रसूति कभी भी हो सकती है। इसलिए मैं छुट्टी लेकर घर पर रहा। ताकि तुम्हे कोई तकलीफ़ ना हो। डॉक्टर ने यह भी कहा है कि तुमको यह समय पर आराम कि बेहद जरूरत है। तुम्हे अकेला ना छोड़ा जाय।"

यह बात डॉक्टर ने कहा या नहीँ, यह तो मुझे नहीँ पता। मग़र घर पर उन दिनों में, मैंने अमन की कहा को मानकर, पालन भी किया। बीच में बीच में सुनंदा आंटी का मिलना भी होता था मेरे घर पर। इस समय पर किसी बुजुर्ग का साथ होना अच्छा लगता है। मेरी माँ का आना संभव नहीँ था। कारण सालों में बारह महीने वो विमार रहती थी। और कोई हमारे घर पर था ही नहीँ, यहाँ पर आकर, हमारी मदद करे। अमन की माँ कभी अपने घर से बाहर निकलती नहीँ निकलती थी। हमारे यहाँ आनेके लिए ,वो तो बिल्कुल नहीँ चाहती थी। उनका अपना घर और परिवार छोड़कर और कहाँ जाना, उन्हें बिल्कुल पसंद नहीँ था। इसी कारण से अमन ने कहा —

'किसी को बुलानेकी जरूरत नहीँ है। मैं सबकुछ संभाल लूँगा। कोई अगर अपनेआप आनेके लिए तैयार होता है तो वही आयेगा। वर्ना कोई जरूरत नहीँ है यहाँ पर किसीका आना।"

उनका कहना भी सच था।

"अपना काम को ख़ुद को करना चाहिए। आज अगर कोई मदद के लिए आयेगा , तो अपनों के लिए कर्तव्य सोचकर नहीँ आयेगा। अगर कोई आयेगा तो एहसान जतायेगा हमेशा। जैसे कि किसी के ऊपर मेहरबान किया गया है। उससे यही अच्छा होगा कि किसीको भी ना बुलाया जाय। और ख़ुद को हर समय और जरूरत के लिए हमेशा तैयार रखे। "

अमन ने यही किया। रोज़ घरका काम करनेके लिए आनेवाली कामवाली बाई से कहकर रखे थे। किसी एक औरत को दिन में मेरे साथ रहनेके लिए तैनात किया जाये , ताकि प्रसूति के बाद में वो मेरे साथ में , मेरे बच्चे का ध्यान रख सके। डॉक्टर के द्वारा किये गये निर्द्धारित तारीख़ के हिसाब से अमन ने मुझे हॉस्पिटल में भर्ती करा दिये थे । ताकि मैं डॉक्टरों की निग्रहनी में रह सकूँ। अमन मुझ से कुछ कहते नहीँ थे। लेकिन अंदर से उनको घवराहट होती थी। यह सब समय उन्होंने कभी देखा नहीँ था। ख़ुद अकेले करनेका ज़िम्मेदारी अपने कंधो पर लिया तो , उसे उठाने में , तकलीफ़ों को सहन करना पड़ेगा।

हिम्मत है तो हौंसले भी बुलंद है। जिसे अपना बनाया , उसके लिए कर्तव्य है तो निभाना पड़ेगा। उस हॉस्पिटल हमारे घर के पास होने के कारण , आनेजाने में कोई तकलीफ़ नहीँ हुई थी। मेरे हॉस्पिटल में दाखला होने के दूसरे दिन मेरा बेटा पैदा हुआ। मैं माँ हूँ। इसलिए बच्चे को सीने से लगाकर

मैंने मातृत्व का अनुभव किया। अमन पिता बन गये। इसलिए उनकी खुशियोँ की सीमा कहाँतक रही होगी , कहना मुश्किल है। जब मैं अमन को मेरे सामने पाया , तब मुझे अच्छा लगा। मातृत्व पाना जैसे कि मृत्यु के रास्ते से चलकर फ़िर वापस आना। कहते है इस समय एक औरत को पुनर्जन्म मिलता है। प्रसूति पीड़ा की कष्ट क्या है , जिसने भुगता , वही बता सकता है।

अमन को देखकर मैंने एक मुस्कुराहट दिया। प्रति मुस्कुराहट में अमन ने मुझे कहा –

"तुमने मुझे पिता बनाकर मेरे जीवन को सार्थक बना दिया। मुझे सबसे अनमोल तोहफ़ा दे दिया।"

चाहे कितने भी कष्ट क्यों ना हो , माँ जब अपनी नवज़ात शिशु से मिलती है , उसे सीने में लगाकर आलिंगन करती है, तब बच्चे की स्पर्श पाकर खुदको भाग्यशाली समझती है। मुझे भी वही अनुभव हुआ था । मेरा बच्चा सही सलामत मेरे गोद में आया , इससे बड़ी बात और क्या हो सकती है। सबकुछ ऊपरवाले की माया है।

मेरे घर पर जो औरत को अमन लेकर आये थे मेरी और मेरे बच्चे की देखभाल करनेके लिए उनका नाम है सुन्दरी। वो जी जान लगाकर हमारी सेवा में लगी रहती थी। मुझे कोई भी तकलीफ़ होने नहीँ देती थी। उसका कोई अपना है कि

नहीँ , मुझे पता नहीँ था। मग़र हमारे घर पर वो अपनों की तरह रहती थी। ममता में भरा उनका ह्रदय में कभी अहंभाव नहीँ था। हमेशा मुस्कुराहट के साथ सबकी इज्ज़त करती थी। हमारे घर पे मेरे हास्पिटला से आने से पहले , अमन उन्हीके मदद से घर को अंदर से बाहर तक अच्छी तरह से सजाया था। सुंदरी को मैं सुंदरी अम्मा बुलाती थी। और अमन भी उन्हें उसी नाम से संबोधन करते थे। हमारे घर पे सुनंदा आंटी और पटेल अंकल का आना जाना होने के कारण से सुंदरी अम्माको वो दोनों भी सुंदरी अम्मा के नाम से बुलाते थे। सुंदरी अम्मा को उसमें कोई प्रतिवाद नहीँ होती थी। उलटा उनको उसमें खुशियाँ मिलती थी। जी जान लगाकर हमारा घर को अपनाकर सबको अपनापन देती थी।

मुझे और अमन को सुंदरी अम्मा बहुत प्यार करती थी। इसके कारण हम दोनों उनको इज्ज़त करते थे। हमें लगता था कि जैसे कि हमारे साथ उनका जन्मों जन्मों का साथ है। हम को यही नहीँ लगता था कि वो हमारे घर पर रहकर काम करती थी।

एक दिन सुंदरी अम्मा अकेली चुपचाप होकर बैठी थी। हमारा बेटा तब सोया था। मैं बैठकर एक क़िताब पढ़ रही थी। अचानक मेरी नज़र सुंदरी अम्मा के ऊपर पडने से , उन्हें देखकर मैं आचंभित हो गई। जब से सुंदरी अम्मा हमारे घर पर आई है , तब से एक दिन ऐसा नहीँ गया कि वो बिना

मुस्कुराये रहती थी। उसदिन सुंदरी अम्मा की उदासी चेहरा मुझ से देखा नहीँ गया। और मैंने उन्हें पूछा –

"सुंदरी अम्मा ! क्या बात है ? तुम इतनी उदास होकर क्यों बैठी हो ? क्या हुआ ? तुम्हारी तबीयत तो ठीक है ना ?"

मेरे बुलाने पर , सुंदरी अम्मा की ध्यान मेरी और आई। और मुझ से उन्होंने पूछा –

"क्या सेठाणीजी ? आपको यानि कि मुझ से आप कुछ पूछ रही थी ? पूछिए ना। आपके लिए तो कोई रूकाबट नहीँ है । सेठाणी जी ! एक बात कहूँ ? अग़र आपकी इज्जाजत हो तो।"

मुझे सुंदरी अम्मा ने सेठाणी जी के नाम से पुकारा तो मुझे अच्छा नहीँ लगा। वो मेरी माँ की उम्र की थी। मैंने उनसे कहा—

"सुंदरी अम्मा ! आप मेरी माँ की उम्र की है। मुझे सेठाणीजी कहके बुलाईये मत। मुझे मेरे नाम से पुकारिये। मुझे अच्छा लगेगा। अब तो आप हमारे परिवार का सदस्य हो गई है। फ़िर आप को हम सब हम से अलग़ नहीँ समझते हैं। इसलिए आज से आप मुझे महिमा कहकर बुलाओगी। उसी में मुझे ख़ुशी होगी।"

बड़ी मुश्किल से सुंदरी अम्मा ने मेरी बात मान गई। बातों बातों में मैंने उनको जब उनके अपने बारे में पूछा , तब एक लंबा सा साँस लेकर आहे भरी। फ़िर उन्होंने शुरू की उनकी अपनी जिंदगानी के दास्तान अपनी जुबानी से। और मैं उनको सुनती गई। कहते कहते सुंदरी अम्मा कभी बहुत भावुक हो जाती थी। उनके आँखे नम हो जाते थे। मुझे वो दिलचस्प कहानी सुननेको अच्छा लगता था। धीरज धरकर वो कहती जा रही थी।

बचपन में उनकी शादी हो चुकी थी। किस उम्र में उनकी शादी हुई थी , इस बात का पता उन्हें नहीँ था। उन्हें याद भी नहीँ है। हालाकी आजकल बालविवाह कराना कानूनन जुल्म है। सरकार की ओर से प्रतिबंधीत है। मग़र तब के जमाना में बच्चों की छोटी छोटी उम्र में शादी कराना , लोग बड़ा पुण्य का काम है समझते थे। पुण्य के काम में कौन टाँग अड़ायेगा सोचकर सब चुप रह जाते थे। प्रतिवाद करना तो बहुत दूर की बात रही थी । उनका जन्म कौनसे बर्ष में हुआ था , वो तारीख़ , बर्ष और दिन क्या था , वो कुछ भी कहने के लिए सक्षम नहीँ थी। फ़िर भी याद करने के लिए कोशिश कर रही थी। लेकिन उन्हें कुछ भी याद नहीँ आई।

शहर से उनका वस्ती दूर होने के कारण , वहाँ तक कोई कानून अथवा जानकार लोग पहुँच नहीँ पाते थे। अग़र कोई सलाहकार नहीँ होगा तो , उनको ज्ञान कहाँ से मिलेगा ?सब लोग वहाँ के ख़ुद को ज्ञानी समझते थे। तो ज्ञान कौन किसको

दे और ले ?सुंदरी अम्मा के कितने भाई और बहन हुआ करते थे , यह सुंदरी अम्मा कह नहीँ पाई थी। उनके माता -पिता क्या काम कर रहे थे ,उन्हें कुछ भी जानकारी नहीँ है उसके बारे में। लेकिन वो इतना जरूर बताती थी कि उनके माता - पिता सबेरे सबेरे कहीँ निकल जाते थे काम करनेके लिए। जाने से पहले उनकी माँ सब के लिए रोटी पकाकर रखती थी। और सब लोग उसे गुड़ के साथ खाया करते थे। रात को जब वो लोग घर पर लौटते थे , तब उनके हाथ में कुछ दाल और चावल के साथ सब्जियाँ होते थे। रात माँ सबके लिए रोटी सब्ज़ी पकाती थी। और सबलोग मिलकर खाते थे। सुंदरी अम्मा को वो सब यादें कुछ धुंधली सी याद आ रही थी। गीले शिक़वे किसीके ओर से था ही नहीँ किसके पास। फ़िर किससे मिलता था ?जो हाथों में मिलता था , उसी में सब ख़ुश रहा करते थे।

एकदिन जब सुंदरी अम्मा खेल कूद कर , अपने घर पर आई , तब शाम ढल चुका था। मट्टी और रेत में खेलने के कारण , उनके सुंदरी अम्मा के पूरा वदन गंदा था। सामने तालाब में नहाने जा रही थी , अचानक उनके घर से सब की रोने की आवाज़ आने से , वो लौटकर अपने घर की देहली पर खड़ी होकर देखती रही। सुंदरी अम्मा की माँ भागती हुई, उनके पास आई , और उन्हें जकड कर रोती रही। रोते रोते कुछ तो कह रही थी अपनी बेटी (सुंदरी अम्मा को), सुंदरी अम्मा को कुछ भी समझ में नहीँ आ रही थी। इसलिए अपनी माँ के सामने कोई प्रतिक्रिया नहीँ जता पाई। एक निर्जीव बस्तु

की तरह खड़ी रही। उसके बाद में सुंदरी आम्मा ने कुछ याद करके कहा मुझे —

"कई औरते अपने अपने सर पर घूँघट रखकर वहाँ पर आकर खड़ी हुई थी। सुंदरी आम्मा को उन औरतों ने उनके माँ की जकड़ से छुड़ा ले गये। कमरे के एक कोने में बिठाकर , नाइ को बुलावा कर उनके सर का मुंडन करवा लिये। और उन्हें नहला कर , कपडे पहनाये। और अपने अपने घर पर चल दिये। सुंदरी आम्मा के माता -पिता दुःख में रहे। उन्हें क्या दुःख हुआ होगा यह तो आम्मा को पता नहीँ चला। मग़र सब के जुबाँ पे सुंदरी आम्मा का नाम होता था। कहते थे —

"हतभागी कहीँ की। ससुराल की देहली चढ़ी नहीँ थी, अभागी हो गई।"

सुंदरी अम्मा घर के अंदर बैठ बैठ कर यही सोचती थी —

"लोग मेरे बारे में ऐसे क्यों सोचते हैं ? मुझे कुछ भी नहीँ हुआ है। फ़िर लोग मेरे बारे में ऐसा क्यों कहते हैं ?"

सुंदरी आम्मा को कुछ भी समझ में नहीँ आ रही थी। पूछे तो किससे पूछे ? उसे डर लग रही थी। उस दिन के बाद में सुंदरी आम्मा को बाहर जाने नहीँ दिया गया था। अगर सौच के लिए जाती थी , तो उनकी माँ उनके साथ में जाती थी सब

से छुपाकर। कईबार उनके ख्याल में आई कि वो अपनी माँ से पूछे कि —

"उनके साथ यह सब क्या हो रहा है ?उन्होने क्या किया?"

फ़िर भी अपनी जुबाँ को खोल नहीँ पा रही थी। एक दिन अचानक सुंदरी आम्मा के घर पर कई लोग आये ,और उन्हें अपने साथ में ले गये थे। तब सुंदरी आम्मा कितने साल की रही होगी , उन्हें पता नहीँ रहा होगा। तब सुंदरी अम्मा की माँ उन्हें कह रही थी —

"बेटी ! आज से तू तेरे ससुराल में रहेगी। पराये की अमानत को बड़ी हिफाज़त से हम ने संभाला। आज से तेरी सारी दायित्व उनकी ज़िम्मेदारी है। ख़ुश रहना बेटी।"

तब सुंदरी आम्मा की बंद आँखे खुल गई। उनको रोना आया अपनी माँ से दूर जानेके लिए जब उन्हें कहा गया। अपनी माँ से बिछड़कर कैसे रहेगी। बोली माँ —

"माँ !मैं इन लोगों को मैं नहीँ जानती हूँ। मेरे लिए यह लोग अनजान है। इनके साथ में मैं तेरे बिना कैसे रहूँगी ?तू कैसे मुझे , तुझ से अलग कर सकती है ?"

सुंदरी अम्मा की बात को किसीने नहीँ सुनी। उनको अपनी बेटी को खुद से अलग करने में कुछ जल्दी थी। सुंदरी अम्मा की माँ ने सुंदरी अम्मा से यही कहा —-

"बेटी ! आज़तक मैंने तुझे पास में रखा था। क्योंकि तू इनकी अमानत थी। आगे ये लोग अपनी अमानत को अपने पास रखना चाहते हैं। मैं इनकी अमानत को ज़ोर जबरदस्ती मेरे पास नहीँ रख सकती हूँ। मुझ से यह पाप नहीँ होगा। मैं मेरे हाथों में पाप होने से पहले खुद को बचाना चाहती हूँ। यही लोग तेरे अपने हैं आज से। हम लोग अब पराये हैं।"

यह बात सुनकर सुंदरी अम्मा को धक्का सा लगा। उम्र में सब से छोटी रही। उस उम्र में वो शक्तिहीन थी। बलपूर्वक को लड़कर वहाँ से भाग नहीँ पाती थी। चुपचाप होकर वहाँ से उनके तथाकथित ससुरालवालों के साथ चल पड़ी , उनलोगों ने उन्हें जहाँ लेकर चल पडे थे। कुछ दूर तक पैदल जानेके बाद में , उनके साथ वो बस में चढ़ी। सबको बारी बारी देख रही थी। मन में अपने आप में प्रश्न पूछती थी। –

"यह लोग मुझे कहाँ लेकर जा रहे हैं ? माँ ने कहा ये लोग मेरे ससुरालवाले हैं। यह ससुराल क्या होता है ?"

कच्ची उम्र में बड़ों की तरह सवाल तो नहीँ आती थी। मग़र ख़ुद के लिए जरूर चिंता करके दुःखी हो जाती थी। वो क्या जानती थी कि उनका भविष्यत में आगे क्या होनेवाला है ?

यह सफ़रनामा उनका कहाँ ख़त्म होनेवाला है। क्यों कि उसदिन सुंदरी अम्मा उनलोगों की अधीन में थी। सुंदरी अम्मा को सिर्फ़ उनका नाम ही याद रहा। कारण उनके नाम से उनको बहुत प्यार था। शेष समय तक अपना नाम को वो जपामालि करती थी। कहती थी —

"मेरे अपने सब मुझ से दूर हो गये। और जो अपने बनकर मेरे साथ कुछ देर तक चल पड़े थे , वे मेरे अपने नहीँ थे। अगर अपने होते तो , मुझे बेसहारा छोड़कर नहीँ गये होते। आज़तक मेरा नाम ही अपना रहा। उसे मैं किस हाल में भूलूँगी नहीँ।"

जिस नाम से उनका परिचय कायम हुआ था , उनको वही सुंदरी नाम ही हमेशा पसंद है और था भी। बस में बैठते ही सुंदरी अम्मा को नींद आ गई थी , और वो गहरी नींद में सो गई थी। उनके साथ अचानक से क्या हो रहा था , उनके पास वही सोचने के लिये क्षमता नहीँ था। क्यों कि वो बाल कन्या थी। सिर्फ़ रोने में अपना ताकत को आजमाती थी। सबेरे सबेरे सब लोग सुंदरी अम्मा को साथ में लेकर निकल आये थे। तब सुंदरी अम्मा के पेट में एक भी निवाला नहीँ पड़ी थी। भूख लगते हुए भी वो किसके आगे यह कह नहीँ पाती थी कि उन्हें भूख लगी है। जो लोग उनके साथ थे , वो लोग सब सुंदरी अम्मा के लिए अजनवी थे। उनके ऊपर हक़ जमाकर बोलनेके लिए सुंदरी अम्मा के लिए संभव नहीँ हो पाया था। इसलिए सुन्दरी अम्मा को अपने माता-पिता के ऊपर गुस्सा

आई थी । फ़िर भी उनके पास अपनी बचाव में करनेके लिए कुछ भी नहीं था।और वो सो गई थी।

कुछ समय बीत जानेके बाद में , सुंदरी अम्मा के आँखे खुले। तब बस एक जग़ह पर खड़ी थी। उसमें दो चार लोग मौजूद रहे थे। मग़र सुंदरी अम्मा के साथ कोई नहीँ था। आँखे मलते हुए सुंदरी अम्मा इधर उधर देखने लगी थी। पूरी बस के अंदर अपनी नजरें घुमाती रही। मग़र सुंदरी अम्मा को साथ में लेकर बस के सफ़र में जानेवाले कोई एक भी वो नहीँ था। और बस आगे चलती रही अपनी गंतव्य स्थल में पँहुचने के लिए । सुंदरी अम्मा को रोना आ गई। और वो रोने लगी ज़ोर ज़ोर से। बाकी रहे थे गिने चुने लोगों की नजरें , सुंदरी अम्मा की और केंद्रित हो गई थी। दुनियाँ में सबलोग निर्द्दयी नहीँ होते हैं। उनके दिलों में दया के सागर निरंतर बहता हुआ रहता है। सबक़े जुबाँ पे एक ही बात रही कि –

"यह किसीकी बच्ची है ?कौन इसे छोड़ गया यहाँ ?"

सबने बसका चालक को कहकर बस को रूककर सुंदरी अम्मा से पूछकर , उनसे जानकारी हासिल करने के लिए , कोशिश करते रहे। लेकिन सुंदरी अम्मा को किसके ऊपर भरोसा नहीँ रहा। उन्होंने सिर्फ़ रोते रोते सब की ओर देखती रही। अपना नाम सिर्फ़ बता पाई थी। और कुछ नहीँ। बस बीच रास्ते पर ज़्यादा समय तक रुक नहीँ सकती है। कारण आगामी रास्ते में अनेक मुसाफ़िर बस की आनेकी इंतजार में

रहे होंगे। दुनियाँ चाहे इधर से उधर हो जाये , अपना फ़ायदा कोई छोडने को तैयार नहीँ होता है। बस का चालक को कुछ ज़्यादा जल्दबाज़ी थी। इसलिए वो अपना कर्तव्य को आगे बढ़ाया। वो भी क्या कर सकता था ? अपने रोज़ी रोटी के ख़ातिर वो कर्म में बंधा है। अगर कुछ गड़बड़ हो जाये तो मालिक इसके लिए हरजाना पूछेगा। कहाँसे देगा ? वहाँ पे तैनात उसका सह कर्मचारी भी यही कहा आगे आकर।

"अरे भई ! बीच रास्ते पर बस को रुककार ,यह क्या तमाशा लगाये रखे हो ?शहर में जब बस रुकेगी , तब सोचेंगे आगे क्या करना है। अब सब अपनी अपनी स्थान पर बैठ जाओ। "

उनमें से एक दो कोई प्रतिरोध किये थे इस एतराज पर। मग़र उन्हें साफ़ साफ़ यही कह दिया गया –

"अरे भई ! आप लोग इतने परेशान क्यों होते हो ? इसे साथ में लेकर सफ़र करनेवालों को याद नहीँ आई इसकी। और आप अगर इतने इसके लिए चिंता करते हो , तो इसे साथ में लेकर बस से उतर जाओ। वर्ना इसे लेकर हम हमारे मालिक को सौंप देंगे। वही कुछ रास्ता इसके लिए निकालेंगे। "

तब सब लोग चुपचाप होकर बस में बैठे रहे। और अपने बस अपने रास्ते पर चल पड़ी थी । सुंदरी अम्मा बैठकर सब

लोगों को देख रही थी। उन्हें कुछ भी समझमे नहीँ आई थी कि —

"इन लोगों के बीच में यह क्या हो रहा है। उन्हें अपनी माँ बहुत याद आ रही थी। अफ़सोस , वहाँ तो उनकी माँ थी ही नहीँ। बहुत पहले से उन्होंने अपनी फूल जैसी बेटी को पराये के हाथों में सौंपकर , अपने घर पर निश्चिंत होकर बैठ गई यही कहती हुई कि " —

"बेटी पराया धन है । दूसरे के अमानत है। बेटी को दूसरे घर पर जाना चाहिए। "

यह कैसी मानसिकता है ? इसलिए कि साक्षरता का अभाव है । साधारण ज्ञान उनमें कुछ भी नहीँ है। आज भी वो लोग इसी भावनात्मक परिवेश में जीते हैं । प्रगति के नाम पर कोई उन्नत धरण के धारणा नहीँ रखते हैं। उलटा संकीर्ण मानसिकता उन्हें जकड कर जिंदगी भर रखती है। उनकी रूढ़िवादी भावनायें उन्हें वहाँ से मुक्ति पानेके लिए मौका नहीँ देती है। नतीजे में उनके पीढ़ी दर पीढ़ी बहुत बुरी तरह से सफ़र करती हैं। वो सब देखकर भी कोई कुछ कर नहीँ पाते हैं।

सुंदरी अम्मा को प्यास लग रही थी। साथ में भूख भी लग रही थी। मग़र सब लोग अपने आप में मस्त रह गये। इनके बारे कोई नहीँ सोचा।

बस चालक ने बस को गंतव्य स्थलतक दौड़ता रहा अति तीव्र गति में। कौन कहाँ तक यात्रा करेगा कोई नहीँ जानता है। मग़र एक बस में यात्रा कर रहे थे। कुछ क्षणों के लिए सुंदरी अम्मा को इसी हालत देखकर , सबलोग विचलित हो गये थे। जब वो क्षण चला गया , फ़िर सब लोग खामोश हो गये , जैसे किसका किसीसे कोई मतलब नहीँ है। यात्रा की समाप्ति में सब ने बस से उत्तर कर अपने अपने रास्ते में चल दिये। पीछे मोड़ कर किस ने भी सुन्दरी अम्मा की ओर देखा नहीँ है। सबके उतर जानेके पश्चात , सुन्दरी अम्मा ने निराश होकर दोनों बस चालकों और उसका सह कर्मचारीयों को देखती रहगई।

बस का चालक अपने सह साथी से कहा —

"काका !इस लड़की को लेकर हम अब क्या करें ?हमारे लिए तो मुशीबत बनगई।"

चालक को उनके साथी ने कहा —

"भैया !मैं इसे लेकर नहीँ जा सकता हूँ। मैं मेरे दोस्त लोगों के साथ रहता हूँ।"

चालक को बहुत चिंता होने लगी। उसने कहा —

"अरे भई ! तू लेकर नहीँ जा सकता है। मैं तेरी मजबूरी समझता हूँ। लेकिन मेरे लिए भी संभव नहीँ है। मेरी बीवी मुझे हज़ार सवाल पूछकर मुझ पर संदेह करेगी। झगड़ा करेगी। मेरे बच्चों के सामने यह तमाशा मैं नहीँ चाहता हूँ। "

इसी बीच में फ़िर सुंदरी अम्मा के मुँह से निकला —

"काका ! मुझे प्यास लगी है। मुझे भूख लगी है। "

बस चालक और उनके सह कर्मचारी दोनों इंसान हैं। एक बच्चे से इसी तरह की बात सुनकर , बड़े व्यथित हो गये। भूखी , प्यासी एक बच्ची उनके समने नेहूरा होकर मांगती है। कैसे चुपचाप होकर दोनों बैठ सकते हैं वहाँ पे ? उनके पास दिल तो है। निर्दय तो नहीँ हो सकते हैं। पास में होता हुआ एक चाय की दुकान से कुछ ख़रीद कर के सुंदरी अम्मा को खिलाये ,और पिलाये भी। जब सुन्दरी अम्मा की पेट की पूजा हो गई , तब बस के कर्मचारिओं ने वापस सुन्दरी अम्मा से उनके घरवालों के बारे में , उनके ख़ुद के बारे , उनके गाँव के पता ठिकाना क्या है ,यही सब जाननेके लिए कोशिश करते रहे। उन लोगों ने यह भी याद करने को प्रयत्न करते रहे कि कौन से स्थान से सुंदरी अम्मा बस में चढ़ी थी। और उनके साथ में कौन कौन थे। उनका गाँव का नाम क्या है। अगर कुछ भी पता लग जायेगा तो उनके लिए वहाँ तक पहुचने में आसान होगी। अफ़सोस उनको हर तरफ़ से विफ़ल होना पड़ा। सुंदरी अम्मा को कुछ भी याद नहीँ आ रही थी। सिवाय

उनके नाम के। इसी बातचीच के दरमियान चाय के दुकानदार को सुंदरी अम्मा यहाँ तक कैसे पहुँची , उसके के बारे में सबकुछ पताचला। उनके ओर से सलाह दिया गया कि इस लड़की को लेकर पुलिस थाने में पहुँचा दो। पुलिस इसके परिवार वालों के बारे में पता करके उनतक इसको पहुँचा देगी।

मग़र पुलिस के नाम से सबको घवराहट होती है। इसलिए दोनों ने एक निर्णय लिया। और सुंदरी अम्मा को लेकर एक अनाथश्रम तक गये। जो बस अड्डे के पास हुआ करती थी। वहाँ तक जाकर उनके जिमा में सुंदरी अम्मा को सुपूर्द करके आ गये थे । सीधे सीधे उनके हाथों में सौंपे नहीँ थे। चाय बिस्किट खाने के बाद में , सुंदरी अम्मा वही दुकान पर मेज़ के ऊपर सर ऱखकर सो गई थी। उसी सोये हुए हालत में , सुंदरी अम्माको कंधे में लादकर कर , आश्रम के बाहर दरवाज़े पर सुलाकर आ गये थे। और वहाँ से जल्दी जल्दी से चले आये। आश्रम वालों को उन्होंने अपने खुद के बारे में बतानेकी आवश्यक नहीँ पड़ी। इनदोनों की पहचान गुप्त रहे , यही सोचकर वहाँ से निकल आये थे ।

कहाँ से कहाँ तक सुंदरी अम्मा पहुँच गई एक दिन में , वही सोचकर कभी कभी हैरानी भी होती है। इंसान की जिंदगी में कब क्या होगा , कोई नहीँ जानता है। कुछ भी अनुमान करके कहना मुश्क़िल नहीँ बल्कि , नामुमक़िन है।

पता नहीँ ऊपरवाले ने क्या क्या लिखकर इंसान को धरती पर भेजा है। इसलिए कहते हैं —-

"वही होता है , जो मंजूरे ख़ुदा होता है। "

रातका अन्धेरा जब हटने की शुरू होता है , तब सुबह का उज्वला सामने आता है। यही दुनिया का दस्तूर है । जिस चाय की दुकान पर वो लोग बैठकर सुंदरी अम्मा को कुछ खिला रहे थे , उसी दुकानदार को सुंदरी अम्मा के बारे में सबकुछ पता लगा ।सबकुछ सुनकर वे गभीर हो गये। उसके बाद में कुछ सोचकर उन्होंने बस चालकों को एक सलाह दिया था उनलोगं की अनाथश्रम में जाने से पहले । कहा था—

"सुनो भाईलोग ! बेवज़ह और किसीका मुसीबत क्यों अपने सरपर ड़ालकर घुम रहे हो ?जिंदगी भरके लिए इसका बोझ तुम उठा नहीँ सकते हो। तुम्हारी वो हैसियत नहीँ है। अग़र तुम में कोई तरस खाकर इसे घर ले जाओगे , तो क्या तुम्हारे घरवाले इसे अपनायेंगे ? अग़र अपनायेंगे तो क्या जिंदगी भरके लिये इसे अपनी औलाद की तरह रख पयोगे ?तुम दोनों के लिए सामने बहुत सारी सवालों का ढ़ेर दिखाई देता है। अग़र तुम इसे लेकर पुलिस के पास जाओगे तो फीर तुम्हारी ख़ैर नहीँ है। कितने कितने क्या क्या मुशीबत तुम्हे झेलने पड़ेंगे , उसका हिसाब नहीँ कर पयोगे। "

बस चालक के साथ उनका साथी दोनों डरके मारे कुछ एक निर्दिष्ट निर्णय नहीँ ले पाये थे । दुकानदार से यह सब सुनकर उन लोगोंने दुकानदार से पूछा —

"भैया ! हमें सही दिशा दिखानेके लिये बहुत बहुत शुक्रिया। अब आख़िरी में हमें बता दो कि अब क्या किया जाय। हमें तो कुछ भी सूझ नहीँ रहा है। आजका दिन यह कैसी मुसीबत हमारे गले में पड़गई।"

सुंदरी अम्मा के पेट में दो निवाले पड़े तो वो शो गई वहीँ पर टेबल के ऊपर सर रखकर। उसके बाद में क्या हुआ सुंदरी अम्मा को पता नहीँ चला। वो लोग आपस में क्या बात कर रहे थे , सुन्दरी अम्मा सुन नहीं पाई थी। जब सुंदरी अम्मा की आँखें खुली , तब एक अंजान जग़ह पर खुद को पाई। अकेले में उन्हें बहुत डर लगा। तब तो कोई उनके साथ में थे। अब तो कोई नहीँ है। एक छोटी सी बच्ची रोने के सिवाय , और क्या कर सकती थी ? कुछ देर के बाद में किसीने दरवाज़ा खोला और सुन्दरी अम्मा को अकेले में असहाय अवस्था में पाकर , सुंदरी अम्मा को साथ में लेकर अंदर चले गये। वास्तव में वो एक अनाथ आश्रम था। अनाथ बच्चोंकें आश्रयस्थल। अंदर जाकर बहुत सारे बच्चों को देखकर , सुंदरी अम्मा को बेहद ख़ुशी हुई। तुरंत रोना बंद करके बच्चोंके साथ खेलने चली गई उनके पास। बच्चोंके पास में खड़ी होकर बोली –"

"मैं खेलूँ तुम लोगों के साथ ?"

बच्चे हमेशा मन के सच्चे हैं। बच्चों को देखकर उसी माहौल में रहना , सुंदरी अम्मा को बहुत अच्छा लगा। जब से उसने अपनी माँ का घर छोड़ा , तब से आज़तक सब अंजान लोगों के बीच में रही। एक दिन की अवधी में , घूम फिर कर सही जगह पर पहुँच गई , यही उन्होंने तय कर लिया। उनके सामने सब बच्चे अजनवी जरूर थे। मग़र अपनों सा लग रहे थे। बचपन की देहली से आगे नहीँ निकली थी। बाली उम्र में दुनियाँ से रूबरू हो गई। कितने तरह के इंसान उनके साथ जुड़े और जुदा भी हो गये जानबूझ कर। उन्हें दुनियाँदारी का समझ आये या ना आये ,क्या फ़र्क पड़ता है ? उनको यक़ीन हो गया कि वो यही उनके लिये सही और महफ़ूज जग़ह है। आश्रम के अधिकारियोँ ने सुंदरी अम्माको देखा और यही निर्णय लिया कि —-

'ऐसे परिस्थिति में उनको कुछ पूछा ना जाय। कौन उन्हें यहाँ पर छोड़कर गया , और उनका सही पत्ता ठिकाना कहाँ का है , बग़ैरह बग़ैरह। पहले उन्हें जी भरके बच्चों के साथ में खेल कूद करके , मेलमिलाप बढ़ाने दो। फ़िर कुछ पूछते हैं। "

तबतक शाम ढल चुकी थी। शामकी आरती का समय हो चुका था। ठीक छह बजे आश्रम की घंटी बजी , और बच्चे भागते हुये आश्रम की आँगन में एकत्र हुए ,शाम की भजन के लिए। हाथ जोड़ कर खड़े रहे। अपने अपने आँखे भी बंद

किये। उन सब बच्चों को देखकर सुंदरी अम्मा ने वही किया। और शाम की आरती के साथ भजन भी की गई। सबकी आँखें बंद होते हुये भी , मुँह में प्रभु के भजन गाया करते थे। सुंदरी अम्मा को भजन नहीँ आती थी। फ़िर भी सब को देखकर हाथ जोड़कर खड़ी थी। उसी समय उनकी मासूमियत का झलक दिख रहा था। सच्चाई यही है कि उनकी मासूमियत को कोई देख नहीँ पाया।

सांझकी भजन ख़त्म हुई। उसके बाद में सब बच्चे इकट्ठे होकर अपने अपने बस्ता पकड़ कर पढ़ाई करने बैठे। सुंदरी अम्मा के पास कोई भी बस्ता नहीँ था। मग़र वो उसके लिए सोचकर , परेशान नहीँ हुई। बच्चोंके साथ में बैठ गई , एक अनुशासित बच्चे की तरह। कुछ समय के अंदर हर एक बच्चों के साथ वो कैसे घुल मिल गई थी , यह सब देखकर , आश्रम के दायित्व में रहनेवाले सब लोग हैरान हो गये थे । उनका आश्रम सिर्फ़ अनाथ लोगों के लिए रहा था । उसके बाद में रात्रि का भोजन का समय आने से , सब लोग इकट्ठे होकर आश्रम के भोजनालय में एकश्रृंखला में खड़े रहे । सुंदरी अम्मा ने उन सबको अनुकरण करके भोजनालय में दाखल हो गई। कहते है

“संगत का असर है।”

आश्रम के बच्चोंके साथ में रहकर , उन चंद घंटो में , सुंदरी अम्मा ने सबकुछ अनुकरण करके , अपनी प्रतिभा का हुनर

दिखा दिया। बच्चें गिल्ले कच्ची मिट्टीके पिंडुला होते हैं। उस मिट्टी को कुंभार जिस ढांचे में डालकर जैसे आकर देना चाहे, वो दे सकता है। एक दिन में आश्रमवालों को वो सब मालुम पड़ने लगा। रात हो गई थी। इसलिए पूरे दिन में पहने हुये गंदे कपडे जो सुन्दरी अम्मा के वदन में रहा था , उसे उतार कर, एक जोड़ी अच्छा कपड़ा लाकर , सुंदरी अम्मा को दिया गया। और बिना कोई सवाल किये हुये , सुंदरी अम्मा ने , वो कपडे ख़ुशी ख़ुशी पहन ली थी । सब बच्चों के साथ , सुंदरी अम्मा के लिए सोने के लिए प्रवंध किये गये। बिस्तर से लेटते ही सुंदरी अम्मा को गहरी नींद आ गई। कारण दिनभर के थकान के कारण , सुंदरी अम्मा थक गई थी। उन्होंने सोच लिया कि यही स्थान उनके लिए सही सलामत स्थान है। उस दिन से सुन्दरी अम्मा की जिंदगी की काया पलट गई। और शुरू हो गई , नूतन आशा की ख़ुशनुमा सुबह ।

उस दिन से सुंदरी अम्मा की जिंदगी में , एक अनुशासित जीवन जीने को मौका मिला था। उसमें सुंदरी अम्मा बहुत ख़ुश रहती थी। उसी आश्रम में सुंदरी अम्मा को दो अक्षर सीखने को मिला था।

हाँ , जिस सुंदरी अम्मा को आश्रम में जगह मिली थी , दूसरे दिन आश्रम वालों कों यह सब जरूरत थी सुंदरी अम्मा के बारे में , बिस्तार से जाननेके लिए। लेकिन सुंदरी अम्मा ने सिर्फ़ अपना नाम ही बता पाई थी। और कुछ भी बता नहीँ पाई थी। इसलिए आश्रम प्रशासन सुंदरी अम्मा के बारे में और

कुछ तदंत नहीँ किया था । आश्रम के बच्चों के साथ में मिलकर अनेक प्रकार के तालीम हासिल करती रही ख़ुशी ख़ुशी। जैसे एक कल्ली धीरे धीरे खिलते हुये संपूर्ण रूपसे आकार लेने में समय के अनुसार आगे बढ़ती गई।

नाम अनाथाश्रम। और इसी आश्रम में अनेक बच्चों ने पनाह लिया। यहीँ से तालीम हासिल करके , उपयुक्त शिक्षा हासिल करके , अपनी अपनी जिंदगी को एक दिशा दिलाने में सक्षम हुए हैं। उनके बीच में रहकर , सुंदरी अम्मा को ,एक नई दुनियाँ में अपने नसीब को नई दिशा देने का मौका मिला था । घरवालों से प्रताड़ित होकर यहाँ से वहाँ होकर , यहाँ पर आकर ठहर गई। सही घर मिला। सही आश्रय मिला। और उन्हें क्या चाहिए था ? वहाँ पर रहते हुए सुंदरी अम्मा पीछे की जिंदगी सबकुछ भूल गई थी।

सुंदरी अम्मा के आचार और व्यवहार में आश्रमवालों ने , सुंदरी अम्मा के ऊपर बहुत ख़ुश हुए। समय के साथ सब आगे बढ़ते गए। दिन , महीना और बर्ष समय के हिसाब से आगे गुज़रते गये। और समय आगे बढ़ता गया। देखते ही देखते उसी आश्रम में सुन्दरी अम्मा को पंद्रह साल बीत चूके थे । आज के ज़माने में सुन्दरी अम्मा एक बहुत सुन्दर युवती के रूप में दिखाई दी। सब के साथ हमेशा मिलजुल कर रहती थी। आश्रम का अनेक काम बिना कोई कहे , अपनेआप में करती थी। हमेशा उनका एक ख़ास मुस्कुराहट सबको आनंद देता था। बहुत जल्दी सुंदरी अम्मा ने सब के दिल में

एक ख़ास जग़ह बना दी थी। इसलिए वो सबकी चहैती बन गई थी। आश्रम के अंदर रहते हुए , हर एक बच्चे को स्वाबलंवी होना सीखाया जाता है। पढ़ाई के साथ साथ बाकी कर्मों के लिए समझाया जाता है।

अम्मा का जन्मदिन कब था या है , किसीको नहीँ पता। लेकिन जिस दिन सुंदरी अम्मा ने आश्रम के देहली पर पहुँची थी , दूसरे साल उसी दिन सुंदरी अम्मा की जन्मदिन मनाई गई थी आश्रम के संचालक के द्वारा । और हर साल उसी दिन आश्रम में सुंदरी अम्मा की जन्मदिन मनाई जाती थी। सिर्फ सुंदरी अम्मा के लिए यह नहीँ होता था। वहाँ पर पलनेवाले बच्चोंके लिए भी वही नियम पालन होता था। आश्रम में पलनेवाले बच्चों का जन्म कहाँ पर हुआ था , कोई नहीं जानता है। मग़र यहाँ पर उन लोगों की परवरिश अपनों के हाथों में होता है , ऐसा उन्हें अनुभव कराया जाता है । कारण यही लोग इनके अपने तो है। अग़र आज इसी तरह के संस्थायें दुनियाँ में नहीँ होते तो , इन अनाथ बच्चों का क्या होता ?यह सब सोचने का विषयबस्तु है।

देखते ही देखते उस आश्रम में सुंदरी अम्मा को आये हुये पंद्रह साल कैसे बीत चुके हैं , इसका पता नहीँ चला । बचपन की देहली पार कर के , यौवन के सीढियाँ एक एक करके चढ़ती जा रही है। इन बीते हुये सालों के दर्मियान , सुंदरी अम्मा बहुत कुछ सीख चुकी है। पढ़ाई तो जमकर करती है। कोई नहीँ यह कह सकता था कि सुंदरी अम्मा को कुछ भी

नहीँ आता है। सब के साथ में मिलकर काम करती है। कोई कोई बच्चे उन्हें सुंदरी दीदी कहकर पुकारते थे । उनको हिंदी औरअंग्रेजी भाषा की जानकारी अच्छी तरह से हो गई थी। एक अँधेरी दुनियाँ से निकल कर , उज्वला में साँस ले रही थी। कबतक यही खुशियाँ बरक़रार रह पायेगी , या नहीँ रहेगी इसके बारे में , सुंदरी अम्मा ने कभी नहीँ सोचा था। आगे क्या होगा यह बिना सोचे , उसी माहौल में उनकी जिंदगी मस्त मौले होकर बिंदास बढ़ गई थी आगे।

एकदिन आश्रम के संचालक ने सुंदरी अम्मा को एक सवाल पूछा था।

"सुंदरी ! इसी आश्रम में जितने भी बच्चे रहते हैं , वो सब हमारे बच्चे हैं। तुम भी हमारी बेटी हो। बच्चे बड़े होने के बाद में , उनकी शादी करके उनका घर ग्रहस्ती बसाना , हमारा काम है। तेरे लिए हम ने एक रिश्ता देखा है। क्या उस लडके से मिलकर शादी करनेकी फैसला करेगी ? अग़र है तो मुझे बता। वो लड़का और कोई नहीँ , हमारा अपना आश्रम का है। और तुम उसे जानती हो। मेरा उम्र होता चला है। सबको एक स्थायी जिंदगी देना मेरा कर्तव्य बनता है। क्या तेरे लिए यह फैसला लेकर हमने कोई गलती तो नहीँ की है ? संकोच मत करना। तू जो चाहोगी , वही होगा। और कोई कुछ नहीँ कहेगा। सोच समझकर बताना मुझे। मुझे तेरा ज़वाब का इंतजार रहेगा। "

सुंदरी अम्मा के लिए योग्य पात्र कौन है , यह भी जानना सुंदरी अम्मा के लिए बेहद जरूरी था। इसलिए इन्होने पूछ लिया —

"बाबूजी ! इसमें कोई संदेह नहीँ है कि आप मेरा भलाई चाहते हैं। लेकिन क्या मैं जान सकती हूँ कि वो कौन है , जिसे आपने मेरे भविष्यत् के लिए चुना है। क्या मुझे वो जनने को अधिकार है ?"

आश्रम के संचालक को वहाँ पर सब लोग "बाबूजी" कहकर पुकारते हैं। क्योंकि वही तो वहाँ का सूत्रधार है। किसी के मर्जी के ख़िलाफ़ जाकर , शादी करा देना ग़लत है। यह बात संचालक को अच्छी तरह से मालुम भी है।

सच्चाई तो यही है कि , वहाँ के बच्चें जब अच्छी तरह से तालीम पा लेते हैं , उन सब को रोज़गार देना आश्रम की ज़िम्मेदारी होता है। सही समय पर सब के लिए कुछ ना कुछ साधन मोहैया किया जाता है। आश्रम के संचालक के दायना हाथ कहलाने वाले 'बिभोर "उसी आश्रम में पलकर बड़ा हुआ है। वो देखने में खूब सूरत है। उसकी नजरें हमेशा सुंदरी अम्मा के ऊपर टिकी रहती थी । बिभोर के साथ दो पल किसी भी बहाने में बैठ कर गुज़ारने में , सुंदरी अम्मा को अच्छा लगता था। उसी में सुंदरी अम्मा को खुशियाँ मिलती थी बहुत । दोनों की मेल मिलाप की बात छुपी नहीँ थी किसीको । सुंदरी अम्मा के लिए , बिभोर के ऊपर उनका

प्यार खींचता था या आकर्षण एक दूसरे के प्रति था , किसी को पता नहीँ था। मग़र एक दूसरे का संगत , दोनों को अच्छा लगता था। दोनों का मेलमिलाप में सब को पता चल गया था कि दोनों एक दूसरे से कितना प्यार करते थे। दोनों की शादी कराने की ईरादे से , आश्रम के संचालक ने सुंदरी अम्मा को और बिभोर को अपने पास में बारी बारी बुलवाकर , उनकी दिलकी बात जानने की कोशिश भी की। कोई बात उनसे छुपी नहीँ रही। दोनों बालिक होने के नाते , दोनों की रजामंदी भी जानना जरूरी है , सोचकर संचालक ने यही किया।

आपस की बातचीत में दोनों की दिल की बात को जानने को मौका मिला। तक़रीबन एक सा सही अभीमत मिल सका दोनों से । इसलिए संचालक ने अपनेआप में रहकर ,कुछ दिन और दोनों को परखकर देखा। फ़िर उन्होंने यह निर्णय लिया कि –

‘इनदोनों दिल की बात को जानकर , दोनों को एकसूत्र में बांध दिया जाय जिंदगी भरके लिए। दोनों की दिल की बात जानने के लिए , उन्होंने जो तरीक़ा अपनाया था , उसमें उनको आत्मसंतोष मिला था । उनके प्रयास में दोनों की जिंदगी सबर जायेगी सोचकर उनको ख़ुशी हुई। और उस दिन से दोनों की शादी की तैयारियों में लग गये थे । तब बिभोर को आश्रम के संचालक ने एक उपदेश दिया —-

"देखो बिभोर ! तुम दोनों की शादी हो रही है। शादी के बाद में , आश्रम में रहना सही नहीँ होगा। तू काम करता है यहाँ पे। सुंदरी रोज़ यहाँ पर आ कर जैसे पहले काम करती आई है, वो भी काम करेगी। और उसे भी पगार मिलेगा। इसलिए दोनों की कमाई में तुम दोनों को कोई दिकते नहीँ होंगे तुम्हारा घर संसार को चलाने में। इसलिए तुम एक किराये का घर देखो। गृहस्थ जीवन बीताने जा रहे हो। कुछ अपना तो बढ़ाओ। "

बिभोर को यह सब सुनकर अच्छा लगा। और उन्होने एक किराये का घर देखा। सुंदरी अम्मा को वो घर बहुत पसंद आया। दोनों ने अपना संसार को सवारने के लिए बड़े उत्साह में रहे। सही समय पर आश्रम के सब लोगों के मौजूदगी में सुंदरी अम्मा और बिभोर की शादी संपन्न हो गई। सुंदरी अम्मा आश्रम से विदाई लेकर अपने पति के साथ उनके घर पे गई। आश्रम के और से घर के नित्यदिन के व्यवहार्य बस्तु उपहार के स्वरूप दिये थे।

सुंदरी अम्मा ने बिभोरजी से शादी करके , नई दुल्हन के रूप में आश्रम से निकल गई अपनी नई दुनियाँ बसाने। एक तरफ़ से ख़ुशी की बात है। और दूसरी और से दुःखी हो गई थी। जब से इस आश्रम में उनको पनाह मिला था , तब से सबको अपना बनाकर चल रही थी ख़ुशी ख़ुशी। साथी सहेलियाँ मिलगई थी वहाँ पे। आश्रम के सब लोग उनके परिवार बनगये थे। दुनियाँ का सारे दुःख वो भूल कर , चलते

चलते समय के साथ बचपन को पीछे छोड़कर , जवानी के सीढ़ियाँ चढ़कर यहाँ तक पहुँच गई।

पिता समान आश्रम के संचालक , एक पिताके रूप में मिले ,और उन्हें बाबूजी के नाम से पुकारते हुये , उन्हीके घर से विदा होकर , अपनी नई दुनियाँ में कदम रख रही है। सुंदरी अम्मा को हमेशा बचपन की एक बात याद है। किसीने उन्हें यह बात कही थी उनको याद नहीँ है। मग़र उनके द्वारा कही गई बात आज भी दिमाग में घुम रहा है।

"बेटी पराया धन है। "

तब इसकी मतलब उन्हें समझमें नहीँ आई थी। मग़र आज उनको समझमें आती है। हर एक इंसान को समय और उम्र के हिसाब से , एक साथी की जरूरत पड़ता है। मस्तिष्क से शरीर से एक साथी का आवश्यक होता है। यही तो कुदरती नियम है। सुंदरी अम्मा को एक ठिकाना छोड़कर दूसरी ठिकाने में जाना पड़ा। सबकी दुआयों के साथ , उनकी रुख़सत हो गई थी । कभी ख़ुशी और कभी गम में , यही जिंदगी गुजरती है। यही है जिंदगी। मग़र हर हाल में जिंदगी जीना जानी जाती है।

घर ग्रहस्थी को संभालने के लिए , बिभोर और सुंदरी एक दूसरे का साथ हमेशा देते रहे। बिभोर संचालक के साथ साया की तरह रहकर उनके दप्तर के कामों में , उनकी हमेशा

हाथ बटाते रहे। और सुंदरी बिभोर की बीवी बनकर अपने घर संसार के प्रति अपना कर्तव्य करती रही। साथ में रोज़ रोज़ आश्रम में जाती रही। शादी सुदा जिंदगी में बिभोर और सुंदरी बड़े आनंद से जिंदगी को अतिवाहित करते रहे। मानों सारी खुशियाँ उनकी जिंदगी में ढाल बनकर खड़ी रही।

देखते देखते यूँही दस साल गुजर गये , पता नहीँ चला। मग़र एक बच्चा चाहिए था दोनों को, नहीँ होने से वो दोनों दुःखी होते रहते थे । और दूसरे पल में सोचते थे , जो अपने तक़दीर में है ही नहीँ , उसके बारे में सोचकर दुःखी होने में कोई भी फ़ायदा नहीँ है। जो मिला है , उसके लिए आनंद होने में भलाई है। दोनों अपनेआप में बातचीत करके आपस में समझौता कर लेते थे। एकदिन समय देखकर संचालक बाबूजी जी से बात करके , एक छोटे से बच्चे को गोंद ले लेंगे। दोनों ने यही निर्णय लिया था।

इंसान हमेशा सोचता रहता है। यह दोनों भी अपने लिए सोचते रहे। लेकिन ईश्वर को क्या मंजूर था , किसको मालुम नहीँ था। कई दिनों से संचालक बाबूजी बीमार चल रहे थे। उनके सारे आश्रम के ज़िम्मेदारी उनके बच्चों के ऊपर आई थी। ऐसी हालत में , अपनी बात को बाबूजी के सामने कैसे रखेगें सोचकर , चुप रहे थे दोनों सही समय का राह देखकर।

मग़र सही समय उनके लिए लौटा नहीँ। कुछ दिन हॉस्पीटल में रहकर , चिकित्साधीन अबस्था में , आश्रम के

बाबूजी के आखें बंद हो गये हमेशा के लिए। सारा आश्रम शोक में डूब गया। बिभोर और सुंदरी अम्मा के लिए दुःख की घड़ी रही। इसी आश्रम में दोनों की परवरिश हुई। जन्म देनेवाले माता पिता कहीँ दूर हो गये। और यही आश्रम , यहाँ के संचालक और यहाँ का माहौल , दोनों की जिंदगी के हिस्से बन गये। बड़े प्यार से दोनों को यहाँ पे स्वीकार किया गया था। भरपूर प्यार मिला था दोनों को। इसलिए सबकुछ भूलकर आगे बढ़ रहे थे। फ़िर बाबूजी ने एक पिता बनकर अपनी कर्तव्य निभाई। दोनों को एकसूत्र में बांध दिया जिंदगी जीने के लिए। उन्होंने एक दिन दोनों को कहा था अपने पास में बुलाकर कहा —

"बच्चों ! मेरी उम्र अब हो चला है। कबतक आश्रम का जिम्मेदारी मैं उठापाऊँगा , मैं नहीँ जानता हूँ। इसलिए सबकी स्थायी जीवन के लिए मैं कोशिश कर रहा हूँ। मगर तुम दोनों के लिए मैं कुछ ख़ास सन्देश दे रहा हूँ। बिभोर को मैंने अपनाया था , जब वो छह महीनेका था। उसकी चेहरे को ,जब मैं ने पहली बार देखा , तब मुझे तरस आई। गले से लगाकर बहुत रोया। उसकी इलाज़ कराने में देर ना करते हुये , तुरंत करवाया। ऐसे तो यहाँ पर आनेवाले सब बच्चे अनाथ बनकर आते हैं। और मेरे परिवार का हिस्सा बन जाते हैं। चालीस सालों से इस आश्रम का ज़िम्मेदारी मैं संभाल रहा हूँ। इससे पहले मेरे पिताजी इस आश्रम को शुरू किये थे मानव की सेवा करने के लिए। उनके बाद में मैं तुम लोगों के मोह में पड़ गया। और यहाँ तक आ कर पहुँचा। मैंने जिन

जिन को अपनाया , उनके लिए एक अच्छी जिंदगी देने के लिए प्रयत्न किया। और दिया भी। लेकिन मैं यहाँ पर कितने दिनों का मेहमान हूँ , मैं नहीँ जानता हूँ। मेरे बाद में मेरे दोनों बेटे कहाँ तक संभाल पायेंगे , मुझे नहीँ पता। अगर मुझे कुछ हो जाय , तो मेरे लिए दुःखी मत होना। खुद के लिए अच्छी जिंदगी का तलाश जरूर करना। यहाँ पर आनेवाले लगभग सब बच्चोंकी जिंदगी को मैंने एक एक दिशा दी। मग़र वो लोग अपनी जिंदगी को खुशहाल तो जरूर बना लिए। आज अच्छी जिंदगी जी रहे हैं। मुझे इस बात की ख़ुशी भी है। लेकिन आश्रम को वे भूल गए हैं। मुझे उसके लिए खेद नहीँ है। शायद उनको ,अपनेआप को अनाथाश्रम के बच्चे कहलाना पसंद नहीँ आया होगा।

लेकिन तुम दोनों आज़तक हमारे साथ जुड़े रहे हो। यही मेरे लिये ख़ुशी की बात है। मग़र मुझे कुछ हुआ तो मेरे लिए दुःखी मत होना। आश्रम से अलग़ होकर , आश्रम के बाहर कोई अलग सा खुशहाली जिंदगी बसा लेना। इसमें मुझे खुशी होगी। "

उस दिन आश्रम के संचालक *(बाबूजी)* की बात को सुनकर , सुंदरी अम्मा और उनके पतिदेव बिभोरजी बड़े व्यातिव्यस्त हो गये थे। दोनों ने बाबूजी के द्वारा कहे गये बातों को बड़ी गंभीरता से लिए थे। बाबूजी के आदेश अनुसार दोनों कहीँ बाहर जाकर घूमफ़ीर कर आनेके लिए योजना भी बनाकर रखी थी। उन्होंने सोचा था —

"बाबूजी थोडी सी स्वस्थ जो जाय , उसके बाद में हमदोनों कहीँ पर जाकर , हवा पानी का बदलाव को अनुभव करके आ आयेंगे। "

सच तो यही है कि बिभोर जी को आश्रम से बाबूजी के साथ में जानेके लिए , अनेक मौका मिलता था। जहाँ जहाँ पर बाबूजी जाते थे , एक सहायक के रूप में , वहाँ वहाँ बिभोरजी जाते थे उनके साथ। लेकिन सुंदरी अम्मा जब से आश्रम में आई थी , तब से उसी आश्रम से कहीँ भी बाहर नहीँ निकली थी। इसलिए बाहर जानेके नाम से सुंदरी अम्मा बहुत उत्साहित थी। इंतजार में रहती थी कि उन्हें कभी यह मौका मिलेगा ? सिर्फ़ बाबूजी के कारण , दोनों रूके हुए थे। इंसान की सोच कभी कभी , कभी कभी क्या हमेंशा विफ़ल होता है। ऊपरवाले की मर्जी ना हो तो कुछ भी नहीँ होता है।

अपने घर पर जाकर दोनों बाबूजी के लिए , परेशान रहे। चिंता में रहे। क्यों कि , दोनों के लिए बाबूजी पितृ तुल्य रहे। पिताका प्यार क्या होता है ,उन्हीसे इन लोगों ने पाया था। और आज भी वही कायम भी है।

साल में एक दो बार अमन जरूर अनाथाश्रम में दान के स्वरूप में कुछ देकर आते हैं। उन अनाथ बच्चों में रहकर , समय अतिवाहित करना अमन को अच्छा लगता है। आज भी वही आदत के वजह से आज के समय पर , उन्होंने उसी आदत को कायम रखे हैं। समय समय कुछ ना कुछ लेकर

आश्रम में जाते हैं। और वहाँ पर दे कर आते हैं। मेरे गर्भवती होने के बाद में , अमन सब जाने पहचानवालों को बोल कर रखे थे कि मेरी देखभाल करनेके लिए किसी औरत को हमारे वहाँ भिजवा दे। किसी के घर पर जाकर ठहरकर काम करने में कोई तैयार नहीँ होता है। मेरे लिए अमन को चिंता होती थी। इसलिए सब को यही बात बोलकर रखे थे।

मेरी प्रसूति के दिन को काफ़ी समय थे। और लग़भग रोज़ पटेल अंकल और सुनंदा आंटी मेरी हाल चाल पूछ कर जाते थे। मैं मेरे काम में मस्त रहती थी। इन छह महीने के अंदर मेरी जिंदगी में काफ़ी परिवर्त्तन आ चुका था। मेरी चित्रकला , पटेल अंकल के कारण प्रसिद्धी पा रही थी। अंकल को मिले हुये होटेल का काम चल रहा था। अमन के दप्तर के काम चल रहे थे अच्छी तरह से।

गाँव से घरवालों की ख़त आया करती थी। मेरे बारे में सब लोग चिंतित थे ,ऐसा उनलोगों ने ख़त में ज़ाहिर करना भूलते नहीँ थे। कहाँ तक मेरे लिए चिंतित रहते थे , सिर्फ़ वही जानते थे। हमारे वहाँ आना चाहते थे। लेकिन आते नहीँ थे। कारण अमन से उनको टिकेट का खर्च नहीँ जाता था। अपने हाथों से पैसे ख़र्च करके आना , कोई नहीँ चाहता था। हमारी शादी को इतने समय बीत जानेके बाबजूद , कोई नहीँ आया था हम से मिलने। मैं किसी के बारे में सोचती नहीँ थी। लेक़िन हाँ कभी कभी मेरे दिल में यही ख्याल आता था कि —

"हमारे घर पर आकर हम से मिलनेके लिए क्या किसी के दिल में ख़याल नहीँ आता है ?"

ख़ैर, तब तो मेरे आसपास समय , काम पकड़ कर घुमाता था। कहता था —

"अब यही समय है , मेहनत करते रहना। अग़र सामने कर्म आकर कहता है कि कर्म करो आगामी भविष्यत् के लिए। कर्म करते जा। और फ़ल की आशा मत करना। वो अपने आप चलकर आएगा। "

तब अमन के दप्तर चले जानेके बाद में घर पर , मैं अकेली होती थी। पटेल अंकल और सुनंदा आंटी के वर्कशॉप में मैं चली जाती थी। वहाँ काम करनेको मिलता था। और समय भी उन दोनों के साथ अच्छी तरह से कट जाता था। मुझे अकेलेपन का एहसास नहीँ होता था। एकदिन मुझे अमन ने कहा —

"महिमा ! मैंने एक सहायक के लिए काफ़ी लोगों को कहकर रखा था। लगता है कि बहुत जल्दी उसका बंदोवस्त हो जायेगा। "

मेरे लिए यह अच्छी बात है। जैसे जैसे प्रसूति के दिन क़रीब आते गये , ऐसे ऐसे अमन को चिंता होती रही। दिन भर वो घर पर रहते नहीँ है। दप्तर जाते है। वही तो है रोज़ी

रोटी का साधन उनके लिये। मैंने तभी कुछ कुछ कमाना शुरू की थी। मग़र कबतक ?आगे चलकर मुझे कुछ दिनों के लिए छूटी तो लेनी पड़ेगी।

अचानक एक दिन मेरी तबियत बिगड़ने लगी थी। और मैं असपताल में भर्ती हो गई थी। ऐसे में अमन की परेशानी और और बढ़ गई थी। मग़र कोई रास्ता और नहीँ था। अमन के घर से बार बार ख़तऔर फ़ोन जरूर आते थे। उन लोगों का कहना था कि—

"रुपये भेजो। महिमा के देखभाल के लिए कोई वहाँ पर जायेगा।"

लेकिन कोई यह नहीँ कहता था कि –

"हम आते हैं तुम्हारे पास।"

अग़र कोई अपनेआप आ जाता था तो अमन भी उनके लिये जरूर कुछ करते थे या उनके लिए खुशी होकर सब सुबिधा कर लेते थे। मेरे मायके से कोई आनेके हालत में नहीँ थे। मेरे पिताजी की देहांत हो चुकी थी। और मेरी माँ हमेशा बीमार पड़ती। उनकी देखभाल के लिए किसी ना किसी को, उनके साथ में रहना पड़ता था। इसलिए वहाँ से कोई उम्मीद नहीँ थी। अमन के घरवालों के ऊपर अमन को भरोसा नहीँ था। मैं उनके बीच में कुछ भी नहीँ बोलती थी। मुझे भगवान

के ऊपर भरोसा जरूर था। मेरी मदद वो जरूर करेंगे। कहते हैं कि –

"जिनका कोई नहीँ होता है , उसका ख़ुदा होता है। "

मेरी तबियत की बिगडने की कारण यही था कि शरीर में कुछ कमियाँ आ गई थी। और डॉक्टर ने यही कहा था कि —

"मुझे नियमित रूपसे खाना , पीना और दवाइयाँ लेना पड़ेगा। पंद्रह दिन में एकबार मुझे तपास करनेके लिए दवाख़ाने में जाना पड़ेगा। "

हर सप्ताह में अनाथाश्रम में जानेवाले अमन , मेंरे ही कारण नहीँ जा पाये थे। इस बीच में एक महीना गुज़र चुका था। और अमन इसलिए सोचते थे कि आज़तक किसीसे कुछ भी ख़बर नहीँ आई। दप्तर से छूटियाँ लेकर रखे थे। क्यों कि मेरी तबियत कुछ ठीक नहीँ थी। ऊपर से दप्तर का मरमत का काम था। इसलिये भी छुटी मिली थी।

मुझे पता था कि अमन हर हप्ते अनाथाश्रम में जाकर कुछ ना कुछ दान देकर आते थे। मैंने उन्हें एक दिन पूछा —

"आजकल आप आश्रम में नहीँ जाते हो क्या ? आज मेरा मन करता है कि वहाँ पर हमेशा की तरह कुछ दान दिया

जाये। मुझे लगता है कि अग़र वहाँ पर कुछ दे आओगे तो हमारे आनेवाले बच्चे के लिए शुभ होगा।"

अमन जानते हैं कि जहाँ पर लग़भग जाया करते थे , वहाँ पर १५ /२० दिनों से गये नहीँ। ऐसा नहीँ है कि वहाँ पर जाना भूल गये हैं। मेरी तबियत को लेकर परेशान थे। मनत माँगे थे कि मेरी तबियत ठीक होने के बाद में , वहाँ पर जाकर सब से मिलकर आएंगे , और वहाँ पर कुछ देकर आयेंगे। मैं ने उन्हें याद दिलाया , तो उन्होंने मुझ से कहा —-

"नहीँ महिमा !मैं कुछ भी नहीँ भुला। तुम्हारी तिबयत को लेकर मैं काफ़ी परेशान था। आगामी कल जाकर वहाँ पर कुछ दे कर आऊँगा और सब से मिल भी लूँगा। तुम चिंता मत करना। तुम्हारी तरह मुझे हमारे आनेवाला बच्चे के लिए फ़िक्र है।"

उन १५/२० दिनों के दरमियाँ , आश्रम में बहुत कुछ घटित हो चुका था। आश्रम के संचालक सब के बाबूजी का देहांत हो चुका था। उनके साथ काम करनेवाला बिभोर का हृदाघात में मौत हो चुकी थी। पहले से बिभोर जी दिल की मरीज़ थे। एक बार तो उनको आघात आ चुकी थी। मग़र उन्होंने किसीसे कुछ भी नहीँ कहा था। बिना किसे कुछ कहे ,डॉक्टर के परामर्श में दवाई खाते थे। लेकिन उन्हें डॉक्टर ने यह कहा था कि ज्यादा चिंता करना नहीँ है। मग़र संचालक (बाबूजी) का जाना , उनको बड़ा सदमा लगा। दो दिन के बाद में वो

भी चल बसे। तब सुंदरी अम्मा की हालत बहुत ख़राब हो चुकी थी। बाबूजी के बेटे सुंदरी अम्मा को लेकर परेशान रहने लगे थे । वो उनके परिवार का सदस्य है। उनकी परेशानी में सबको तकलीफ़ होने लगी। डॉक्टर ने कहा —

इन्हे इस माहौल से कहीँ दूर कुछ दिनों के लिए भिजवा दो। जलवायु और स्थान परिवर्त्तन होगा तो इनके लिए अच्छा रहेगा। ऐसे में कहाँ उन्हें भिजवायेंगे , वही सबलोग सोच रहे थे। उसी बीच में अमन का आश्रम में आगमन हुआ। संचालक के बेटे अमन को बहुत अच्छी तरह से जानते थे। इसलिए बैठकर सबकुछ उन्होंने अमन को कह दिया। यह सब सुनकर अमन को बहुत दुःख हुआ। अमन के दिलों दिमाग़ मे कुछ आने लगा। उन्होंने अपनी और से कुछ कहने लगे।

"मुझे यह सब सुनकर बहुत दुःख दुःख हुआ। जब भी मैं यहाँ पर आता था , आपके बाबूजी से मिलता था। बिभोर जी उनके साथ हमेशा हुआ करते थे। क्या कर सकते हैं ? ऊपरवाले को और कुछ मंजूर था। आपने जब मुझे बताया कि बिभोरजी , की पत्नी का हालत बहुत ख़राब है ,और डॉक्टर की कहना है कि उन्हें जग़ह परिवर्तन की आवश्यक है। मैं उनसे मिल सकता हूँ ?क्या यह संभव है ?मैं उन्हें अपने साथ में अपने घर पर ले जाना चाहता हूँ। अगर वो चाहेगी तो, मैं उनको जानता हूँ। मग़र उनकी मर्जी हो तो। उनसे पूछूँगा, उनकी मर्जी क्या है ?अगर उन्होंने ना कहा तो कोई बात नहीँ है। लेकिन उन्हें वाध्यता नहीँ नहीं हैं किसी तरह से ।"

अमन की बात सुनकर भीतर से सुंदरी अम्मा को किसीने बाहर बुलाया। और अमन के साथ सुंदरी अम्मा की परिचय कराई। सुंदरी अम्मा ने एक मुस्कुराहट देकर , अमन को देखती रह गई। तब अमन ने सुंदरी अम्मा से पूछा —

"आपके बारे में सुनकर बहुत बुरा लगा। अब आगे क्या करना है , डॉक्टर ने बताया कि आप कुछ दिनों के लिए यहाँ से बाहर चली जाईये। आप मेरे साथ हमारे घर पर जाओगी? घर पर मेरी बीवी अकेली रहती है। आपको देखकर वो ख़ुश होगी। अयोगी मेरे साथ ?"

सुंदरी अम्मा ने एकबार बाबूजी के बेटे की और देखा। उनसे हाँ में जबाव मिलने से , सुंदरी अम्मा अमन के साथ हमारे घर पर आनेको तैयार हुई। कारण बिभोरजी के देहांत के बाद में , वो पुनश्च आश्रम में आ गई थी रहने के लिए। जब सुंदरी अम्मा हमारे घर पे आई थी , उस दिन मानों मेरे घर पर सबसे अनमोल इंसान आ गई। पहली बार जब मैंने उन्हें हमारे घर पे देखा , मुझे लगा नहीँ है कि , वो मेरे लिए अजनवी थी। मुझे दिल से एहसास हुआ , जैसे कि उनका और मेरा कई जन्मों से गहरा नाता है। ईश्वर ने अपने मर्जी से यह नाता सोच समझकर बनाई है।

तब मेरी कामवाली बाई मंगला मेरे साथ थी। कारण जब से मेरी तिबयत बिगड़ी थी , तब से मेरे साथ वही रहती थी दिनभर। अमन जब दप्तर से लौटकर आते थे , तब वो अपने

घर पर चाली जाती थी। उस दिन जब अमन , सुंदरी अम्मा को साथ में ले कर आये , तब कुछ नाश्ता बाज़ार से ख़रीद कर ले आये थे। अमन ने उसी नाश्ते के प्याकेट को हमारे कामवाली बाई के हाथों में देकर कहा —

"मंगला ! इसमें कुछ नाश्ता है। सबके लिए थाली में डालकर ले आना। तुम्हारे लिए भी ले आना।"

उन्हें अंदाजा था कि , ऐसे माहौल में सुंदरी अम्मा कुछ खाई नहीँ होगी। भूखे पेट में कुछ भी नहीँ सुझता है। सुंदरी अम्मा को अमन ने सोफ़े के ऊपर बिठाया। वो बैठ गई थी। हम सब ने मिलकर नाश्ता किया। आश्रम उनका घर था , यह सच था। मग़र जब से वो अपने पति के साथ में अलग़ रहने गई थी , वहाँ का वातावरण कुछ और बन गया था। पति के देहांत के बाद में , फ़िर से आश्रम में आकर , उसी माहौल में रहना , उनको अच्छा लगता था या बुरा लगता था , सिर्फ़ वही जानती थी। मग़र उनके पास और कोई पर्याय नहीँ था उसके सिवाय।

हमारे बीच में बैठकर सुंदरी अम्मा ने नाश्ता को ख़ुशी ख़ुशी खाई थी । मग़र तबतक उनके जुबान से एक भी शब्द नहीँ निकली थी। मंगला के हाथों से उन्होंने एक ग्लास पानी लेकर पी। और एक ग्लास पानी चाहिए , ऐसा उन्होंने मंगला से कहा था। उनकी आवाज़ सुनने में हम को बहुत अच्छा लगा। कोयल सी मीठी उनकी बोल थी। सब से पहले मंगला

को उनकी आवाज़ अच्छी लगी। और उसने मुँह खोलकर कह दिया —

"अम्मा जी ! आपकी बोली कितनी मधुर है ?सच , बड़ा मधुर है।"

उस समय पर उन्हो ने सिर्फ एक मुस्कुराहट दी थी मंगला की बातों में। मंगला की कहना सच ही था। जब से मंगला ने उन्हें अम्मा कहकर पुकारा , तब से सब ने उनको अम्मा के नाम से पुकारने लगे थे।

उनको कोई शिकायत नहीँ थी उस नाम से। उस समय उनको कुछ नाश्ते की आवश्यक थी। और उनको वो मिल गई। उसके बाद में उन्होंने मुझे देखा। मैंने उन्हें एक मुस्कुराहट दे दी। उसके कारण उन्हें बहुत अच्छा लगा था। मुझसे उन्होंने पूछा —

"बेटा ! कितने महीने चल रहे हैं ?"

मुझ से पहले मंगला ने कह दिया –

"अम्मा ! अठवा महीना चल रहा है।"

तब अम्मा ने मंगला को अपने पास में बुलाकर कहा —

“बेटा ! चंचल होना अच्छी बात है। मग़र जरूरत से ज़्यादा चंचलता सब से ख़तरनाक है। बेटा ! बुरा मत मानना। मैं ने इनसे सवाल पूछा तो , ज़बाव इनको देना चहिये। इनको बोलने दो।”

मंगला अपनी ग़लती को समझ गई। और बोली –

“माफ़ करना अम्मा ! मुझ से ग़लती हो गई।”

सुंदरी अम्मा को यह भी अच्छा नहीँ लगता था कि कोई उनसे माफ़ी मांगे। मुँह में बोलने वाली साफ़ दिल की थी वो। मुझे पहले दिन से पता था। उस दिन मुझे उनकी यही आदत अच्छी लगी । मैं समझ गई कि सच्चाई से चलनेवाली है। जब अमन उन्हें हमारे घर पर लेकर आये थे , तब मुझे पता नहीँ था कि उनको कहाँ से लेकर आये , या और किसीने उन्हें यहाँ पर भेजा। क्योंकि अमन काफ़ी लोगों को बोलकर रखे थे ।

हमारे घर पे आनेके लिए वो क्यों राजी हुई , या उनको किसीने मनाया , यह बात भी मुझे पता नहीँ था। हमारे बारे में उनको कुछ भी पता नहीँ था। वो हमें जानती नहीँ थी और पहचानती नहीँ थी , फ़िर भी अमन के साथ वो चलकर , हमारे घरकी और चल पड़ी। कभी कभी यही सोचकर मुझे हैरानी होती है। यह एक संजोग था या कुदरती खिंचाव रही , यह मुझे नहीँ मालुम था। फ़िर भी आगे चलकर वो हमारे परिवार का सदस्य बनगई। हमारे घर पर आते ही उन्होंने हमारे घर

को , हम सबको ऐसे अपना कर आगे बढ़गई कि आज़तक किसीको भी पता नहीँ चल पाया कि उनका और हमारा कोई खून का रिश्ता नहीँ था।

जब वो हमारे घर पर आई , तब अंदर क़दम रखते ही एक मुस्कुराहट दी थी। उनका वही मुस्कुराहट मुझे आज़तक याद है। ना मैं कभी भूलूंगी। कभी नहीँ। वो मेरी माँ नहीँ थी। मग़र माँ से बढ़कर थी।

उस दिन से सुंदरी अम्मा ने हर तरह की ध्यान मेरे लिए रखती गई , अपनेआप में। जब रोज़ सबेरे मंगला काम के लिए हमारे घर पर आती थी , तब अम्मा को उसके साथ बात करने को अच्छा लगता था। काम करते हुये दोनों एक दूसरे के साथ काफ़ी बातें करती थी। कभी कभी वो दोनों आपस में बातें करती हुई ,ज़ोर ज़ोर से हंसती थी।

डॉक्टर के द्वारा दिये गये प्रसूति का तारीख़ को देखते हुये , मुझे अमन ने अस्पताल में भर्ती करवा दिया। ताकि मैं डॉक्टर के निग्रहानी में रह सकूँ। अस्पताल में मेरे पास सुंदरी अम्मा रही थी। वहाँ पर सब लोगों को लगता था कि वो मेरी माँ है। क्योंकि मैं उन्हें अम्मा बुलाती थी। सुंदरी अम्मा को जरूर वो पुकार अच्छा लगता था। अस्पताल में नर्स लोगों के बीच में हम दोनों को वही परिचय मिला।

उसके दो दिनों के बाद में मेरा बेटा पैदा हुआ। उस पर पहली नज़र पड़ते ही , सुंदरी अम्मा ने यह कह दिया —

"ईश्वर ने हमारा गुड्डू को हमारे घर पे भेज दिया है ।"

उसी दिन से हमारे बेटे को सब ने गुड्डू के नाम से पुकारने लगे। और आज भी हमारे लिए वो गुड्डू है। और मेरे बेटे को वो नाम बहुत पसंद है। ऐसा तो अमन ने उसका नाम शुभाशीष रखा था। सबके शुभाशीष से वो हमारे घर पर जन्म लिया। मैंने मेरे बेटे को जन्म दिया , यह सच है तो क्या हुआ? मेरे बेटे की परवरिश सुंदरी अम्मा के हाथ में हुई। सुंदरी अम्मा जैसे जैसे हमारे घर पर रहती गई , ऐसे ऐसे सबका प्यार बटौरती गई और भरपूर प्यार बदले में देती गई। जुबाँ अगर खोलती थी तो कोयलकी बोली की तरह लगती थी। इतनी अनुशासित थी कि उनसे लोगों को कुछ सीखनेको मन करता था। जो कुछ बोलती थी, साफ़ साफ़ बोलती थी। कभी कभी अपने हाथों से खाना पकाकर खिलाती थी , वो जायके का स्वाद में ऊँगलियाँ चाटनेको मन करता था।

मंगला रोज़ आती थी। और सारे घरका काम करके खाना पकाकर रख लेती थी। मग़र गुड्डू के लिए सुंदरी अम्मा ख़ुद खाना पकाती थी। कहती थी –

बच्चें का खाना , सेहतमंद होना चाहिए। कारण उनका पाचनशक्ति कमज़ोर होती है।"

इतने महीने गुजर जाने के बाबजूद , सुंदरी अम्मा ने कभी अपनी पगार के बारे में पूछा नहीँ था। अमन इतने समझदार रहे कि , अम्मा के नाम से एक वचत खाता खुलवा कर दे दिए थे। सिर्फ़ उतना नहीँ उनका ख़ुद का नाम उसमें ड़ालकर सयुंक्त नाम से खाता खुलवाये थे। और उन्होंने इसलिए सुंदरी अम्मा को जानकारी दे दी थी। हमेशा हंसकर ज़बाव देनेवाली अम्मा ने अमन के हाथ से वो जरूरी कागज़ात को अपने हाथों में लेते हुये शुक्रिया कहा।

उसी दिन से हर महीने अमन सुंदरी अम्मा के वचत खाते में अम्मा की पगार को जमा करते गये। सुंदरी अम्मा ने कभी वो रुपये को लेकर क्या करती थी , हमने उन्हें कभी नहीँ पूछा था। वो रुपये उनकी ख़ुद की कमाई रही। उसमें दूसरा कोई हस्तक्षेप नहीँ करेगा।

अम्मा आश्रम में रहकर पढ़ीलिखी होकर अपनी तालीम हासिल की थी। यह बात हमको बाद में पता चला। गानेकी जानकारी उन्हें थी। क्योंकि जब वो गुड्डू को सुलाती थी , तब सुरेली आवाज़ में गुनगुनाकर लोरियाँ गाती थी। जो भी करती थी , दिल लगाकर करती थी। और सुंदर रूप से करती थी।

दो तीन महीने यूँही निकल गए। मुझे थोड़ी थोड़ी ताकत आने लगी थी। हमेशा सुनंदा आंटी हमारे घर पर आती थी। पटेल अंकल बीच बीच में सुनंदा आंटी के साथ आया करते थे। कारण सबको मेरा बेटा गुड्डू का चेहरा अपनी ओर

खींचकर ले आता था । कुछ पल बैठकर पटेल अंकल अपने घर पर चले जाते थे। और सुनंदा आंटी बैठकर घंटो हमारे साथ गप्पे लगाती थी। समय का पता नहीं चलता था। सबसे ज़्यादा सुंनदा आंटी बोला करती थी। और सुंदरी अम्मा बहुत कम बोलती थी। मग़र जब बोलती थी , पत्ते की बात करती थी। इसलिए सुनंदा आंटी बहुत ख़ुश होती थी।

एक दिन मुझे सुंनदा आंटी ने पूछा —

"महिमा ! अब तो तेरे पसूति को चार महीने बीत चुके हैं। अगले महीने से अपना कामशुरू कर दे। अंकल के पास बहुत काम है। अकेले करना , उनके लिए परेशानी का कारण बनता है। अग़र अमन चांहेगे , तो तुम काम शुरू कर सकती हो। "

पटेल अंकल आगे के लिए चित्रकला की प्रदर्शनी की तैयारी कर रहे थे। उनके पास काम बहुत था। और समय बहुत कम था। निर्द्धारित समय से पहले , काम पूरा करना था। इसलिए सुंनदा आंटी यही चाहती थी कि मैं जल्द से जल्द मेरा कामशुरू कर दूँ। मुझे सुंदरी अम्मा ने कहा —-

"अग़र काम करना चाहती हो तो कर लो। पूरे दिन घरपर बेकार बैठ रहने से , कुछ करना बेहतर है। बच्चे का फ़िक्र मत करो। मैं हूँ न। "

शुरूआत में सुंदरी अम्मा मुझे क्या कहकर पुकारेगी , उन्हें कुछ समझनेमें नहीँ आ रही थी। इसलिए उन्होंने मुझे पूछा था —

"मुझे आप अम्मा ! महिमा कहकर पुकारों। मुझे अच्छा लगेगा। मैं आपको अम्मा कहकर बुलाती हूँ। "

मेरी उत्तर सुनकर सुंदरी अम्मा को अच्छा लगा। उन्होंने कहा —

"यही अच्छा रहेगा। "

उस दिन सुनंदा आंटी से सुनकर अम्मा ने अपनी राय सुना दी। लेकिन सुनंदा आंटी ने कहा –
"मैं यहीँ पर तुम को सबकुछ मुहैया करवाऊँगी। तुम अपने ही घर पर बैठकर काम करना। तुम्हे कहींपर जानेकी जरूरत नहीँ है। "

दिन गुजरने लगे। गुड्डू सुंदरी अम्मा के आँचल के तले बढ़ता गया। समय के अनुसार , उसके अंग प्रत्यंग में बढ़ोत्तरी होती रही। उसे देखकर हमदोनों को बहुत ख़ुशी होती थी। उसका मुस्कुराहट देखकर सुंदरी अम्मा जोर जोर से हंसती थी। कहती थी –

"हमारा राजकुमार ! राज करेगा।

सुंदरी अम्मा के साथ में रहकर , मुझे सुंदरी अम्मा के रूप में , मेरी माँ नज़र आने लगी थी। सोचा था —

"सुंदरी अम्मा के साथ गुड्डू को लेकर मैं मेरे गाँव में जाऊँगी। वहाँ पर सब से मिलूँगी। सब को अच्छा लगेगा। सब लोग ख़ुश होंगे। दूर में होने के कारण से गुड्डू से मिलनेके लिए कोई नहीँ आ पाता है।"

लेक़िन अमन को यह सब पसंद नहीँ था। वे कहते थे –

"अग़र मैं पैसे भेजूं तो , सब लोग यहाँ पर आनेको सब लोग तैयार है। इतने भी सबलोग गरीब नहीँ है कि , अपने हाथों से पैसे खर्च्च करके यहाँ पर नहीँ आ सके। उन लोगों के लिए मैंने बहुत कुछ किया। अब उनकी बारी है मेरे और मेरे परिवार के लिए कुछ करना। अब मेरे परिवार के लिए मैं ही करूँगा। आगे मेरा दरवाज़ा हमेशा से सब के लिए खुला हैं। जो चाहेगा , वो आयेगा , नहीँ चाहेगा तो नहीँ आयेगा। मेरे बच्चे को लेकर कहीँ पर जानेकी जरूरत नहीँ है।"

दो सालों के दरमियाँ , मेरी माँ और अमन के माता पिता गुज़र गये थे। पहले वो लोग बीमार थे ख़बर मिला। इसलिए गाँव में जाना पड़ा था हम सब को। सिर्फ़ चार दिनों के लिए। और सब से मिलकर आ गये थे। हमारे आने के बाद में बारी बारी तीनों हम सब से दूर चले गये थे। वो दुःख हमारे लिए सब से बड़ा दुःख था। कैसे भी वो दुःख से हम बाहर निकल

आये थे। उसके बाद में हमेशा के लिए गाँव में जाना हमारा पूर्ण बिराम लग गया।

मुझे अमन की बात को मानकर चुप रहना पड़ा। औरों के लिए मैं अपने घर पर क्यों क्लेश कलह करूँ ? इसकी कोई जरूरत नहीँ है। इसलिए मैं चुप रहती थी। सुंदरी अम्मा के हाथों में गुड्डुकी ज़िम्मेदारी होती थी। इसलिए मैं मेरे चित्रकला को बनाने के लिए समय निकाल पाती थी। धीरे धीरे सब चित्रकला के बनाने का काम ख़त्म हुए। उन सब चित्रकला को पटेल अंकल के आदमी लोगों ने ले लिया। तब सुंदरी अम्मा ने मुझ से कहा –

"हर एक इंसान में , ऊपरवाला जरूर विशेष कुछ हुनर दिलाके धरती पर भिजवाया है। और तुम्हारे पास यह कला है जानकर , मुझे बहुत ख़ुशी हुई। इसे बंद मत करना।"

उसदिन मैंने सुंदरी अम्मा से मेरी चित्रकला , किस तरह से विकसित हुई , और मुझे किस तरह से सुनंदा आंटी और पटेल अंकल से भरपूर सहायता मिली , वो सब बताया। वो सब सुनकर सुंदरी अम्मा के आँखों से आँशु आ गये। और उन्होंने कहा —

"लोग कहते हैं कि ईश्वर सबको समभाव से देखते हैं। वो ख़ुद कभी किसी को मदद करने के लिये आ नहीँ पाते हैं। इसलिए इंसान को फ़रिश्ता बनाकर जरूर भिजवाते हैं।

हमारे समय में अगर लोग इतने समझदार होते , तो मेरे जैसे लाखों लड़कियों को अपने अपने माता पिता से दूर होना नहीँ पड़ता। सब से दूर होकर बनवास की जिंदगी काटना नहीँ पड़ता। जिस उम्र में बच्चों की ख़ास करके लड़कियों की खेलना कूदना समय होता है , उस समय में , गुड्डे गिड्डियों के शादी व्याह रचाने की तरह अपनी अपनी अपनी बेटियों की शादी रचा कर , बेटियों से छुटकारा पाने की इच्छा नहीँ जताये होते। अगर किस कारण से अपनी बेटी की पति उनकी बाली उम्र में गुजर जाये ,तो ससुराल के नाम से पराये के हाथों में सौंप नहीँ दिये होते। बेटी आगे जिये या मरे , उसमें उनको कोई फ़र्क नहीँ पड़ता है। सामाजिक बंधन के नाम से रूढ़िवादी नियामकों अपनाकर , बेटियों की बर्बादी नहीँ किये होते। यह सब होता था सिर्फ़ उन लोगों की मूर्खता और संस्कार के नाम से अंधाविश्वास उन्हें जकड कर रखता था। उस दल दल से वे बाहर आना नहीँ चाहते थे या उनकी समझ और जानकारी वहीँ तक सीमित रहती थी , वो सब उन्ही को पता हुआ होगा। मग़र बेटियाँ खिल ख़िलाकर कर , जीने से पहले मुर्झा जाती थी , और किसको खिलनेको मौका नहीँ मिलता था ,और किसको को गुमनाम की जिंदगी मिलती थी। उसका हिसाब किसीके पास नहीँ होता है।अगर होता है तो कितने लोगों के पास होता है ? अग़र होता है तो कौन क्या करता है वो रोकनेके लिए ? अगर मेरे पास पैसे होते तो मैं सब से पहले एक पाठशाला बनाकर , सब अनपढ़ लोगों को शिक्षित बनाती थी। अफशोष , मैं निर्धनी हूँ। और मेरा धनी मुझे मझधार में छोड़ कर चला गया अकेला कहीँ दूर। वहाँ

का पत्ता ठिकाना मुझे पता नहीँ चला ना कभी पता चलेगा। क्योंकि वहाँ के पत्ता ठिकाना किसीको भी मालुम नहीँ है ।"

उसी मुझे सुंदरी अम्मा ने मुझे उनकी जिंदगी की सारी कहानी कहती गई , और मैं सुनती गई। इसे कहानी नहीँ कहेंगे तो और क्या कहेंगे ? कितने होते हैं वो माता -पिता , जिन्होंने अपने ही बच्चों के साथ हैवानियत का काम करते हैं ? शिक्षा के अभाव में अनुन्नत जिंदगी को अपना कर , जीते जी मौत को गले लगा लेते हैं। मुझे इतना दुःख लगा कि मेरे आँखों से आँसू उमड़ पड़े बिना रोके।

बिभोर जी के देहांत के बाद में , वापस उसी आश्रम में अम्मा आगे रहना नहीँ चाहती थी। लेकिन जाती थी तो कहाँ जाती थी ? पंद्रह साल के समय के अंतराल में , बिभोरजी से सुंदरी अम्मा को इतना प्यार मिला था कि उसी प्यार के सहारे सारी जिंदगी गुजार पायेगी , ऐसा सुंदरी अम्मा ने सोच लिया था। । उनका यह आत्मविश्वास था। आश्रम के रहकर , उन्हें हर तरह तालीम मिली थी। पढ़ी लिखी होने के कारण , उन्हें कहीँ पर एक नौकरी मिल सकती थी , अगर वो कोशिश करती थी तो। फ़िर भी उन्हें एक परिवार में रहना था। इसलिए अमन के साथ आनेके लिए वो तैयार हो गई। आ गई थी वो मेरे लिए , मेरी अपनी बनकर रह गई। उनके साथ में रहकर जिंदगी में रिश्ते नातों से दूर रहने की दुःख को अनुभव नहीँ किया। मुझे अनुभव हुआ जैसे की मेरी माँ मेरे आसपास रहती है।

गुड्डू जैसे जैसे बड़ा हुआ , उसे स्कूल में दाखला देना पड़ा। एक बार वो स्कूल में जाना शुरू किया तो उसकी सब ज़िम्मेदारी , सुंदरी अम्मा ने खुद अपने कंधों पर ले लिया। पढ़ी लिखी होने के नाते , उन्हें बोलने की कोई आवश्यकता नहीँ पड़ी। अगर कभी भी मैं गुड्डू के लिए कुछ करना चाहा तो सुंदरी अम्मा ने मुझे कुछ करने नहीँ दिया। यह सब देखकर मैं निश्चिंत हो गई थी। गुड्डू को अम्मा अपने बच्चे की तरह देखभाल कर रही थी।

गुड्डू अम्मा की हर बात मानती था। गुड्डू के कारण , सुंदरी अम्माका समय ख़ुशी खुशी कट जाती थी। मुझे कभी कभी हैरानी होती थी यही सोचकर कि , एक इंसान इतना अच्छा कैसे हो सकता है ? नाम था अनाथाश्रम। मगर उसी आश्रम , अनाथ बच्चों को नई जिंदगी देती थी। उन्हें दुनियाँ में एक अच्छा व्यक्तित्व और होनहार इंसान के रूप में परिचय दिलाकर , उन्हें जीने का राह दिखा दिखाया करता था। अपनी ज़िम्मेदारी को वो लोग इम्मानदारी से बखूबी निभाते थे। हमारे सामने सुंदरी अम्मा एक मिसाल रही थी। हमारे साथ में , उनका साथ जुड़ना जरूर एक संजोग रहा होगा। वर्ना उनका आना यहाँ पर नहीँ हुआ होता। यह इतफ़ाक़ नहीँ हो सकता। यह संजोग नहीँ है तो और क्या होगा ?

गुड्डू को सुंदरी अम्मा अपनी औलाद की तरह मानती थी। । उसके साथ वो खेलती थी । हमेशा एक साया जैसे उसके साथ रहा करती थी। जब गुड्डू बीमार पड़ता था ,

उसके उदास मन बार बार भगवान के सामने दुआयें मांगती थी गुड्डू की अच्छी सेहत के लिए। गुड्डू की पढ़ाई से शुरू करके उसके खाने पीने तक , उसी में अम्मा व्यस्त रहा करती थी। अगर कहीँ हम घर से बाहर जाते थे , तो हम उन्हें साथ में लेकर जाया करते थे। सुंदरी अम्मा को ख़ुशी होती थी।

धीरे धीरे गुड्डू को सुंदरी अम्मा का साथ का इतना आदत हो चूका था कि जैसे एक दादी या नानी के उनकी पोता - पोतियों का साथ रहता है। उनके पास बैठना , उनके साथ में सोना है , बस अम्मा के बिना गुड्डू को चैंन नहीँ पड़ता था। एक दुसरे के प्यार और ममता में मोहित होकर , दोनों रहते थे।

हमारे चित्रकला के प्रदर्शनी में बहुत लोग आया करते थे। उस बार चार दिनों के लिए था। उस दिन मैं सुंदरी अम्मा को और गुड्डू को साथ में लेकर गई थी। कारण उस दिन गुड्डू के स्कूल की छुट्टी थी। सुंदरी अम्मा को बहुत अच्छा लगा। वो घुम घुम कर प्रदर्शनी में लगे हुए चित्र को बड़े आग्रह के साथ देख रही थी। उनके चेहरे पे एक प्रकार की रौनक भरा हुआ था। और मैं आनेवाले दर्शकों को देख रही थी। अचानक मेरे सामने अनिला आकर खड़ी हो गई थी। उसे देखकर मुझे हैरानी हुई। और सोचा —

"यहाँ पर अनिला क्यों आई ? मैं ने उसे यहाँ पर बुलाया नहीँ था। फिर यह कैसे आ गई ? ऐसे तो प्रदर्शनी देखने लिए,

अनेक दर्शक आते जाते रहते हैं। वो आ गई तो क्या हुआ ? उसमें सोचनेवाली बात तो कुछ भी नहीँ है। औरों की तरह वो भी एक दर्शक जरूर है। "

अनिला को मुझ से मिलना था। इसलिए वो सीधे सीधे मेरे पास चली आई। मुझे संवोधन किया। उसनें मेरी हालचाल पूछा। और वहाँ पर आनेका अभिप्राय मुझे बताई। और कहा–

"महिमा *! Thank you very much ."*

मुझे हैरानी हुई यही देखकर कि उसने मुझे धन्यवाद क्यों किया ? मैं ने उसके लिए कुछ भी तो नहीँ किया। फ़िर यह धन्यवाद भरी साधुवाणी क्यों ?इसे क्या हुआ ?किसकी अंतर में क्या है , कोई नहीँ जानता है। अनिला से मिलना कमसे कम आठ साल पहले हुआ था। उसके बाद में उससे मिलना हुआ नहीँ था। उस दिन अचानक उसका आविर्भाव होना , मेरे लिए आश्चर्य की बात जरूर थी। मग़र जबतक अनिला ख़ुद आकर अपनी बात नहीँ बतायेगी , तबतक मुझे कुछ भी नहीँ सोचना है। इसलिए उसे देखकर मैंने एक मुस्कुराहट दिया। और चुप रह गई। उसने मुझे देखकर संवोधन करने से मैंने उसकी आनेका कारण पूछा। इसलिए उसने मुझ से कहा —

"कमाल करती हो महिमा ! इतनी बड़ी चित्रकार बनकर , लाखों दिलों में जगह बना ली। और मैं भी उसी लाखों में से एक हूँ। मुझे यहाँ पर आना ही तो था। काफ़ी दिनों से मैं यहाँपर आना चाहती थी। मेरे पति मनप्रीत को छुट्टी नहीं मिलती थी। मेरे बेटे की परीक्षा चालू थी। इसलिए नहीं आ पाई थी। अब जाकर फुर्सत मिला यहाँ पर आनेके लिये। "

अनिला अमन से प्यार करती है दावा करके पागल जैसे हो रही थी। और अनिला के पिताजी अनिला के पागलपन को देखकर , अपनी इज्ज़त को बचानेके लिए , मनप्रीत के पिताजी के साथ गोपनीय वार्तालाप करके , मनप्रीत को विश्वास में लिया। और सबकुछ जानते हुये भी मनप्रीत ने अनिला से शादी की। और अनिला के दिलों दिमाग़ से अमन को निकालने के लिए , भरपूर प्यार देते रहे। इतनी आसानी से अनिला के दिलों दिमाग़ से ,अमन को निकालना मुश्किल तो था। लेकिन नामुमकिन नहीं था। अमन की शादी मेरे साथ होचुकी थी। और अनिला की शादी मनप्रीत से। अनिला जब मुझसे मिली थी , तब मैंने उसे शादी का मतलब समझाया था। उसे मैंने कहा था —

"शादी एक प्रतिश्रुति है। दो परिवार का बंधन है। साथ निभाने की वादा है। उसी वादे को निभाने की प्रयत्न करने से, जिंदगी में खुशियाँ आती है। शादी से पहले का प्यार को प्यार कह सकते हैं क्या। शादी के बाद में प्यार हो सकता है। हो सकता है नहीं , होता है। और अच्छी तरह से होता है। उसे

आजमा कर तो देखो। जो मिला नहीँ है , उसके लिए खेद जताकर , जो मिला उसके अवहेला करना सही नहीँ है। जो मिला उसके प्रति दिलों दिमाग़ में आदर जताओ। जिंदगी बेहत्तर बनेगी। क्यों बेवज़ह सूखे रेगिस्तान में पानी की आशा लेकर एक भ्रम में पैदा हुए मृगतृष्णा के पीछे भागती हो ?भागना पागलपन है। ऐसा मत करो। कुछ भी फायदा नहीँ होगा। सिर्फ़ सबकी बर्बादी उसमें लिखा होता है। वापस जाकर अपने घर संसार में खुद को डूबोकर , उसका आनंद ले लो। देखो , जिंदगी में बहार आयेगी। अगर जिंदगी को जोड़ नहीँ पायेगी तो कोई बात नहीँ है। लेकिन किसीकी संसार को तोड़ो मत।"

भटके हुये इंसान अगर सही रास्ता क्या है समझ लिया तो जिंदगी में समस्या नहीँ आती है। अगर कभी भी समस्या दिखाई जाती है तो , उसे देखकर समझकर समाधान भी निकाली जा सकती है।

प्यार अँधा है। प्यार किया नहीँ जाता है , हो जाता है। अगर तक़दीर में प्यार मिला , तो उससे ख़ुश क़िसमत कुछ भी नहीँ होता है। अगर प्यार नहीँ मिला तो , उससे बिचलित होकर कुछ गलत काम करके , प्यार को पानेके लिये अपने परिवार के साथ साथ , औरों को बर्बादी के कगार पर खड़ी करा देना गलत है। उसमें परिवारवालों की गलती कहाँ है ?बेवज़ह वो क्यों सजा पाये ?जिंदगी भर के लिये जीवन जीना है। उसे सुधार कर आगे बढ़ो।

परिस्थिति को देखते हुये , मनप्रीत ने एक अच्छा पति बनकर , अपनी शादी शुदा जिंदगी को बचानेके लिए प्रयत्न करके अपनी पत्नी अनिला को समझा दिया और संभाल लिया। काश ऐसे पति सबको मिलते तो क्या बात है ?

आज़कल अनिला और मनप्रीत के एक प्यारा सा बच्चा है। शायद लगभग गुड्डू का उम्र का होगा। अपनी ग़लती को समझते हुये अनिला कई सालों तक , अपनी मायके में नहीँ आती थी। माता पिता के सामने खड़ी होने के लिए हिम्मत नहीँ कर पाती थी। मनप्रीत के समझाने पर भी , मायके में आना नहीँ चाहती थी। एक दिन अनिला के माता-पिताने अनिला को अपने घर पर आने के लिए बुलाकर आये। हर हाल में माता-पिता बच्चे को माफ़ कर देते हैं। इसलिए मनप्रीत और अनिला अपने बच्चे के साथ , वहाँ पर आ गये।

और अनिला अपने बेटे अमर और पति मनप्रीत के साथ मायके में आई। अख़बार में हमारी चित्रकला की प्रदर्शनी की इस्तेहार देखकर , वहाँ पर आई। मेरे सामने खड़ी होकर अपने पति की परिचय करवाई। वो अपनी संसार में कितनी ख़ुश है , वहाँ पर आकर अपनी ख़ुशी की इज़हार की। इन सबका श्रेय वो मुझे देना चाहती थी। और मुझ से मिलकर उसने वो भी जता दिया। मुझे वो सब देखकर , अच्छा लगा।

जिंदगी में हर मोड़ पर एक सबक़ सीखने को मिलता है। हर क़दम पर धोखा मिलता है। बहुत सावधानी के साथ , हर

के लिए कुछ ना कुछ लेकर आती थी। बाकी पैसों में वो क्या करती थी हमें पता नहीँ था। ना कभी हम जानना चाहते थे।

आठ दिन हम घर से बाहर थे। जब हम वापस आये , गुड्डू और सुंदरी अम्मा बहुत खुश थे। ज़्यादा करके वो दोनों साये की तरह एक दूसरे के साथ रहा करते थे। आठ दिन वहाँ पर कैसे बीत गये , हमें आश्चर्य लगा। हम सब अपने घर पे वापस आये। जाते समय मंगला को बोलना हम लोग भूल गए थे। वहाँ पर जाकर मैंने मंगला को बताई। मंगला मुझपर नाराज़ हो गई। उसका कहना था कि अगर उसको पता होता तो वो भी अपनेआप जरूर उनके साथ चली गई होती। और हम लोगों के साथ में उसको अच्छा लगता है । इतने सालों से वो हमारे घर पर काम करती हुई आई है। कभी तो ऐसी शिकायत की नहीँ थी। पता नहीँ उसे क्या हुआ ?

पटेल अंकल और सुनंदा आंटी अपने गाँव में जाकर बस गये। कारण उनके पुस्तैनी मकान और जायदाद का देखभाल करनेके लिए कोई नहीँ था। उनके जानेके बाद में बहुत दिनों तक मेरा मन उदास रहा। कारण आज मैं जो कुछ भी हूँ , उनकी बदौलत हूँ। सुंदरी अम्मा का साथ रहा। इसलिए काफ़ी हद तक मैं चिंता से मुक्त रही।

एक दिन अम्मा बिस्तर से उठते उठते खांसने लगी। चेहरा उनका मुर्झा हुआ लगता था। मैंने अम्मा से कहा ,नहा धोकर वो नाश्ता करके तैयार हो जाय। हम डॉक्टर के पास जायेंगे।

अम्मा ने मेरी बात को मानकर तैयार हो गई। हम दोनों दवाख़ाने के लिए निकल गये। डॉक्टर ने अम्मा को को जाँच करने के पश्चात कहा —

"इनको पूरी तरह से आराम चाहिए। कुछ भिटामिन की गोलियाँ लिख कर देता हूँ। इन्हे दे दीजियेगा। बाकी सब ठीक है। चिंता करने की कोई आवश्यक नहीँ है।"

दवाई के दुकान से दवा ख़रीदकर , हम दोनों घर पर पहुँचे। गुड्डू को अम्मा की ज़्यादा चिंता हो रही थी। मुझ से जब उसने सुना कि डॉक्टर ने उन्हें पूर्ण आराम करनेको कहा, तब से उसने अम्मा को पलंग के ऊपर से , नीचे उतरनेको नहीँ दिया। हर तरह का ध्यान रखता गया। गुड्डू उनके साथ इस कद्र जुड़ा था कि अगर उनसे कोई यह कहता था कि –

"गुड्डू ! सुंदरी अम्मा के साथ तेरा कोई खून का रिश्ता नहीँ है , तब वो चिढ़ जाता था। कहता था उन्हें —

"आपलोग मेरे सामने इस तरह की बातें मत किया करो। आपलोग अम्माके बारे झूठ बोलते हो। वो मेरी अम्मा है।"

फ़िर वो नाराज़ होकर रूठ कर , बैठ जाता था। जन्म से गुड्डू उन के साथ रहता था। इसलिए उसकी भावनायें उसी तरह के भावुक होते थे। इसलिए वो सच्चाई को स्वीकार नहीँ कर पाता था। मग़र सच्चाई तो सच्चाई है। उसे स्वीकार करना

पड़ता है। सुंदरी अम्मा की सेहत में सुधार हो रही थी। और हम सब को अच्छा भी लगता था। दूसरे दिन अमन डॉकटर को अपने घर पर लेकर आये सुंदरी अम्मा की जाँच करने के लिए। डॉकटर ने उन्हें जाँच करके , फिर से कुछ ताक़त की दवाइयाँ लिखकर दी। और उन्होंने कहा –

"मुझे लगता है कि , कमज़ोरी के कारण ऐसा हो रहा है। आप कल इन्हे दवाख़ाने पर लेकर आईये। इनको संपूर्ण रूपसे एक जाँच करवा देंगे। कुछ टेष्ट भी करने होंगे। पता लग जायेगा कि वास्तव में इन्हे हुआ क्या है ?"

रातको सब ने मिलकर खाना खाये। और सोने के लिए चले गये। सोने से पहले गुड्डूं ने अम्मा को दवाई देने गया तो अम्मा ने गुड्डू से कहा —

"बेटा ! तू मेरे लिए इतना फ़िक्र मत कर। मैंने दवाई ले ली है। तू अब तेरे कमरे जाकर सो जा। कुछ जरूरत पड़ेगी , तो मैं तुझे आवाज दे दूंगी। "

गुड्डू अपने कमरे जाकर सो गया। और अम्मा अपने बिस्तर पर लेटकर सोनेको कोशिश करती रही। अमन को मैंने उस रात को अम्मा को लेकर , गुड्डू की सोच के बारे में बताया। सच्चाई को गुड्डू के सामने किस तरह से पेश करेंगे, और उसकी प्रतिक्रिया क्या रहेगी , वही हमारे लिए चिंता का

विषय बन गया था। अमन के ओर से एक सुझाव था। उन्होंने कहा —

"महिमा ! हम अम्मा से कहेंगे कि वो अपनी सच्चाई को, अपनी जुबाँ से गुड्डू को बतायेगी। तब जाकर उसे सच्चाई पर यकीन होगा।"

मग़र वो समय आया नहीँ किसके लिए। वही अफसोस की बात रह गई हमारे लिए। दूसरे दिन जब सुबह सुबह गुड्डू सुन्दरी अम्मा के कमरे में गया , तब उन्हें गुड्डू ने जगानेकी कोशिश की। क्योंकि सुबह छह बजे , गुड्डू और अम्मा दोनों सुबह की सैर के लिए जाते हैं। रोज़ सुबह पहले सुंदरी अम्मा जागती थी गुड्डू से पहले। और वो गुड्डू को बिस्तर से जगाती थी। फ़िर दोनों तैयार होकर बाहर निकल जाते थे टहलनेके लिए। आदत होने के कारण से सही , समय पर गुड्डू की नींद टूट गई थी। मग़र सुंदरी अम्मा उसके आसपास थी ही नहीँ। उसे देखनेके लिए गुड्डू अम्मा के कमरे में आया । और अम्मा को सोते हुए देखकर , उन्हे जगाना मुनासिब नहीं है सोचकर , गुड्डू उनके कमरे से बाहर जानेके लिए निकल रहा था । फ़िर सोचा अम्मा की तबियत ठीक नहीँ है। शायद आज वो सैरके लिए नहीँ जायेगी। उसके बावजूद गुड्डू के दिलों दिमाग में और कुछ ख्याल आने से , उसने अम्मा को पुकारा। अम्मा से कोई उत्तर ना मिलने पर , वो परेशान हो गया। भागते हुये अम्माके

बिस्तर के पास पहुँच गया। अम्माको अपने हाथों में हिलाकर–

"अम्मा !अम्मा !"

ज़ोर ज़ोर से बोलकर आवाज़ देता रहा। फ़िर भी अम्मा की ओर से कोई भी प्रतिक्रिया नामिलने पर वो डरने लगा , और रोने भी लगा। सुबह सुबह गुड्डू की रोनेकी आवाज़ सुनकर , मैं और अमन अपने कमरे से भागते हुये , सुंदरी अम्माके कमरे में हाज़िर हुये। वहाँ पर जो देखा , हमें यकीन नहीँ हुआ। सुंदरी अम्मा की प्राणपक्षी कब से उनकी काया को छोड़कर , कहीँ दूर गगन में जाकर , अद्दश्य हो चुकी है। उन्हें कोई नहीं देख पाया। आत्माहीन स्थूल काया बिस्तर पर पड़ी है। हमारे आँखोंके सामने अन्धेरा छा गई। यह द्दश्य देखने के लिए कोई कल्पना में भी नहीँ सोचा होगा। यह तो विधि का विधान है। इसमें से कोई भी बच नहीँ पाया। कोई आगे या कोई पीछे , सब को इस जहाँ से एक दिन जाना है। यहाँ पर सब प्राणी मेहमान है।

अमन ने तुरंत डॉक्टर को बुलाया। मग़र अम्मा कब से जा चुकी थी। ऐसे हाल में गुड्डू को संभालना बहुत मुश्किल हो गया था। अम्मा अब इस दुनियाँ नहीँ है , वो विश्वास नहीँ कर पाता था। उसने आज़तक अपने आँखोंके सामने किसी व्यक्ति को मृत शरीर में देखा नहीँ था। सुंदरी अम्मा हमारे लिये सबकुछ थी।

जो चला जाता है , उसका अंतीम संस्कार करना अनिवार्य होता है। यही दुनियाँ की रित है। अम्मा की वियोग के बारे में सब से पहले आश्रम में खबर दिया गया। क्योंकि आश्रम अम्माकी दुनियाँ थी। आख़िरी वक़्त तक , आश्रम के साथ वो जुडी हुई थी। लग़भग आश्रम में वो जाती थी। जब वो जाती थी , अपने पैसे से वो कुछ कुछ ख़रीद कर के वहाँ के लोगों के लिये लेकर जाती थी। और वहाँ के लोगों के साथ काफ़ी समय बीताती थी। मग़र वो कभी गुड्डू को आश्रम में लेकर नहीँ जाती थी। क्यों लेकर नहीँ जाती थी , सिर्फ़ उन्हें ही पता था।

लेकिन ख़ुद की सच्चाई के बारे में गुड्डू के सामने उन्होंने कुछ भी नहीँ बताई थी। एक बार, बैठे बैठे उन्होंने अपने बीते हुए जिंदगी के बारे में मुझे बताई थी , मेरे पूछने पर। जब वो बताई थी , तब वहाँ पे हम दोनों के सिवाय , और कोई नहीँ था। रात को जब वो सोनेके लिए अपने कमरे में जाती थी , अंदर से कमरे की दरवाज़ा बंद करके अपनी जिंदगी की भूले बिसरे दिन को डायरी में लिखा करती थी। मग़र सब से छुपाकर वो डायरी को रखती थी। डायरी लिखना शायद उन्हें अच्छा लगता था।

हम सब को अम्मा के डायरी के बारे में कुछ भी पता नहीँ था। ना उन्होंने किसके सामने यह बात बताई थी। दिल में छिपी हुई बातों को उन्होंने बड़ी सरलता में , उनकी डायरी के पन्नों पर उतार कर , दिल की बोझ को हलका कर रही

थी। अम्मा के जिंदगी में जितने भी लोग समय के हिसाब से जुड़ते गये , वो सब लोग उनके अपने कोई नहीँ थे। मग़र पराये लोगों से अपनापन पाकर , सबकी अपनी बन गई थी। अपने कभी अपनापन दिखाये नहीँ थे । मग़र पराये कभी उन्हें पराया नहीँ बनाया। उनके साथ जुड़ कर उनके अपने बनकर हमेशा रह गये। फ़िर दिल के किसी कोने में अपनों के लिए भावनायें तो रहती है।

अपनों को खो कर पराये को अपना बनाना या अपने आप बन गए , यह तो एक बिडंबना था। मग़र इसमें सुंदरी अम्मा की कोई गलती नहीं थी। जब वो अपने लोगों से बिछड़ी , तब भी उनकी कोई गलती नहीँ थी। उसके बाद में जिंदगी चलती रही , जैसे ईश्वर की मर्जी हुई। उन्होंने कभी ईश्वर के आगे अपनी ख्वाहिशों को ज़ाहिर की थी या नहीं , उन्हें पता था। मग़र उनको जो मिला , क्या वो उसकी हक़दार थी। उसकी हिसाब क़िताब किसके पास है , कौन बतायेगा ?

उनकी जाती धर्म में किसको भी कुछ मतलब नहीँ था। उन्होंने अपना परिचय एक अच्छे इंसान के रूप में दिया था। प्यार बांटकर ढ़ेर सारे मोहब्बत बटौरी थी। बहुत कुछ लोगोंसे पाया। और उनके द्वारा लोगों को मिला भी। मग़र उन्होंने क्या खोया , वो कोई नहीँ बता सकता था, सिवाय उनके। उन्होंने मुझ उसे से जो बात कही थी , वो तो संक्षेप में था। उन्होंने कहा और मैंने सुना। लेकिन अपनी डायरी में सब कुछ बिस्तार से लिखकर रखा था। उनके हाथों में उसी तरह से

चार डायरी लिखी गई थी। और वो सब उन्होंने अपनी अलमारी में रखा था। उनके सीवाय , उनकी अलमारी को कोई नहीँ खोलता था। इसलिए उनकी डायरी के बारे में कोई नहीँ जान पाया था।

सुंदरी अम्मा की अंतिम संस्कार बड़े सम्मान के साथ किया गया था। गुड्डू को उन्होंने अपना संतान जैसे माना था। उसके कारण उनको गुड्डू के हाथों में मुखाग्नि दी गई थी। तब गुड्डू फूट फूट कर रोता था। उसे यह दुःख सहन नहीँ होता था। सिर्फ़ गुड्डू नहीँ , मैं और अमन दुःख में डूबे हुये थे। याद आ रही थी उन दिनों की बात , जब मुझे अम्मा ने आकर संभाला था। मेरा साथ दिया था। ,मेरा हर तरह से ध्यान रखा करती थी। इसलिए मैंने उन्हें माँ जैसी मानती थी। वो हमारे परिवार की सदस्या बन गई थी।

अम्मा के जाने के पश्चात , गुड्डू हमेशा गुमसुम सा रहने लगा था। बहुत कम बोलता था। उसकी परीक्षा की नतीजा निकल आई थी। उसने अच्छे नम्वर के साथ हाईस्कूल भी पास कर लिया था। अमन और गुड्डू दोनों गुड्डू के कॉलेज में दाखला के लिये व्यस्त थे। और मैं मेरे कामों में थी।

कुछ दिनों के बाद में गुड्डू को कॉलेज में दाखला मिल जाने से , हम सब को अच्छा लगा था। पता नहीँ उस दिन गुड्डू को क्या हुआ था ?अम्मा के कमरे में चला गया। उनका कमरा तैयार करने लगा। सामान तो हमेशा व्यवस्थित

स्थानपर सुन्दरी अम्मा रखती थी। लेकिन उनके जाने के बाद में जब भी मैं उस कमरे में जाती थी , तब मेरे आंखोंसे अपने आप आँसू बहने लग जाते थे। उनके और हमारे नाते भावुकता में बंधी थी। मग़र वो बंधन इतनी मजबूत थी कि , एकसूत्र में हम जुड़े थे अम्मा के जाने तक। वो तो चली गई। मगर उनकी यादें दिलों दिमाग में हमेशा के लिए घर कर गई। अब तो उनके लिए हमेशा दिल में यादों के सिवाय और कुछ भी नहीं है।

उस दिन कुछ काम करते हुये गुड्डू के हाथों में , सुंदरी अम्मा की हाथों की लिखी हुई डायरी मिल गई। एक नहीँ दो नहीँ चार। उसे आग्रहों के साथ गुड्डू पढ़ने लगा था। और मैं मंगला के साथ में मिलकर अम्मा के बारे में बात कर रही थी। अम्मा को गए हुये चंद दिन हुए नहीँ थे। इतनी जल्दी उनको बिना याद किये , कैसे कोई रह सकता है ? उनके बिना घर सुना सुना लग रहा था। मुझे ध्यान नहीँ रहा कि गुड्डू कुछ पढ़ने में व्यस्त है।

काफ़ी समय बीत जानेके बाद में , गुड्डू बाहर आया। तब मुझे मंगला बोल रही थी –

"दीदी ! इंसान में इंसान फ़र्क क्यों है ? वो अपनी नहीँ थी किसके लिए। मग़र अपनों की तरह अपना बनकर यादों में रह गई। देवतुल्य इंसान अम्मा की तरह इस दुनियाँ में बहुत कम लोग पैदा होते हैं। मेरे साथ काफ़ी समय तक गप्पे मारती

थी। अम्मा दिल की बहुत साफ़ थी। घर पर सबके साथ में होते हुए भी मेरा मन किसी में नहीँ लगता है।"

मंगला उसदिन अपना काम ख़त्म करके अपने घरपर चली गई थी। और गुड्डू आकर मेरे कंधे पर सर ऱखकर बैठ गया मेरे पास। मुझ से पूछा –

"माँ ! लोग मुझे जो कहते थे , सच में वही हक्कीकत है। तब मैं सब को बुरा मानता था। उन पर यक़ीन नहीँ करता था। उनपर मुझे गुस्सा आती थी। और अब —-"

मुझे समझमें नहीँ आई उस समय पर कि गुड्डू क्या कहता है। क्या हुआ मेरे बेटे को। जो अम्मा की सच्चाई को लेकर हमेशा नासमझी दिखाता था , आज इतनी समझदारी की बात कैसे कर रहा है ? मैं उससे वही बात जानना चाहा। तब गुड्डू ने मुझे अम्माकी डायरी में लिखी हुई उनकी अपनी जिंदगानी की सच्चाई के बारे में बताकर रोने लगा। सुंदरी अम्माके जानेके पश्चात , मेरा बेटा बहुत कुछ बातकी सच्चाई को जान चूका है। हर इक माता पिता अपने औलाद से भरपूर प्यार करते हैं। और हमदोनों गुड्डू से प्यार तो करते हैं। मगर अम्मा की लाड में गुड्डू को दुनियाँ की सारी खुशियाँ देती थी। जब वो लाड प्यार से दूर हुआ , तब उसे अपनेआप सच्चाई का पता चला। चिरंतन चिंतन करने से हक़ीक़त बदल नहीँ जाता है।

आश्चर्य होकर मैंने अम्मा की चारों डायरी को गुड्डू के हाथों से लिया और एक एक वाक्यों को हृदयंगम करके पढ़ने लगा और उन सब को समझनेको कोशिश करती रही। सच्चाई कितनी कड़वी होती है , यही समझने की प्रयत्न करती रही।

जैसे जैसे मैं ने अम्मा की डायरी को बिस्तार से पढ़ती गई, उतना ही मेरी आग्रह सबकुछ जाननेके लिए आग्रह बढ़ता गया। उन्होंने अपनी दिलकी गहराईयों से अनुभव पुर्वक लिखती गई थी। बहुत कुछ उन्होंने झेला अपनी जिंदगी में। सब से ज़्यादा वो बिभोरजी से प्यार करती थी याद है उन्हें। वो भी उन्हें मझदार में छोड़कर चले गये। जिंदगी बिखर गई थी पूरी तरह से। दिल दिमाग काम करना बंद कर दिया था। और वो दुबारा काम कर के दिन काटनेको कोशिश कर रही थी। हरपल बिभोरजी की याद उन्हें आ रही थी। आश्रम की माहौल उन्हें बिभोरजी की याद दिलाती थी। इसलिए वो एक अलग माहौल चाहती थी। संजोग से हमें किसी की जरूरत थी मेरी प्रसूति के कारण , अम्मा हमें मिल गई।

मग़र उनकी जिंदगी में जो सब घटीत हुआ , उसके लिए उन्हें खेद था। और जबतक वो जीवित थी , तबतक वो दुःखी होती गई। हर लड़की पढ़ी लिखी होकर , स्वावलंबी रहे , यही वो चाहती थी। लेकिन सोचने से क्या होता है। उन्होंने अपनी डायरी में यही बात लिखती थी। औरतों के प्रति इतनी हीन भाव क्यों है , वो जानना चाहती थी। हर लड़की के लिए उनके दिलों दिमाग़ में सद्भावनायें रखती थी। उनको शिक्षित करना

चाहती थी। हमारे समाज से रूढ़िवादी और कुसंस्कार को मिटाना चाहती थी। उनके दिल में हरपल इसके लिये विद्रोह उठता था। दुनियाँ से बग़ावत करना चाहती थी। मग़र दिलकी बात दिल में रहगई। और अपनी ख्वाहिशों को दिल में दवाकर हमेशा के लिए चली गई।

उस दिन जब अमन घर पर आये , उनको मैंने यह सब बताई। अमन अम्मा को याद करके बच्चों की तरह रोने लगे थे। उनके साथ साथ मैं और गुड्डू भी आंखोमें से आँसुं बहाते रहे।

दिन गुजर जाते हैं। इंसान सबकुछ पीछे छोड़कर आगे बढ़ जाता है। क्यों कि चलती का नाम जिंदगी है। धीरे धीरे गुड्डू ख़ुद को संभालना सीख गया। लेकीन चाहकर भी अम्मा को भूलना , उसके लिए मुश्किल हो रहा था। सिर्फ़ उसके लिए नहीँ , हम सब के लिए। एक दिन अमन बैंक गये थे अम्मा की वचत खाते से उनका नाम काटकर बैंक की रिकार्ड में पंजीकरण करना था कि अम्मा अब जीवित नहीँ है। उसके लिए सुंदरी अम्मा की मृत्यु की प्रमाण पत्र को वहाँ पे पंजीकरण करना पड़ता है।

तब अमन को पता चला कि , अम्मा के वचत खाते में ढ़ेर सारे रुपये जमा हुये हैं। जब से वचत खाता खोला गया था , तब से उसमें रुपये जमा होते हैं। उसमें से बहुत कम पैसे निकाले गये थे। अमन और अम्माकी सयुंक्त रूपमे वहाँ वचत

खाता खोली गई थी। लेकिन अमन को वो खाता देखनेकी आवश्यक नहीँ पड़ी थी। अमन अम्मा के नाम से खाता खोले थे , ताकि हर महीने सुंदरी अम्मा के पारिश्रमिक कहो या उनकी सुरक्षा के लिए हो , अमन उसमें रुपये जमा करते थे।

जब अमन को इस बात की पता चली , तब उनको भी आश्चर्य लगा। मुझे बिना बताये उन्होंने अपने आप में निर्णय ले लिया कि अम्मा की दौलत अम्मा के कामों में लगाया जाय। उनकी तमन्ना थी कि लड़कियों के लिए कुछ किया जाय। और अमन का निर्णय रहा कि –

"अम्मा के जमापूंजी में एक कन्याशाला बनवा जाय। कन्याओं के लिए शिक्षा का प्रावधान की जाय। ताकि पिछड़े हुए रूढ़िवादी सोच को दूर करनेकी यह एक प्रयास होगी। लड़की अगर पढ़ी लिखी होगी तो समाज की प्रगति होगी। अपने शक्ति में जितना हो सकता है , उतना तो जन सेवा कर सकते हैं। और क्या ? यही हमारे ओर से अम्माको श्रद्धांजली होगी। "

एक निर्णय लेने के बाद में , उसको अंजाम तक पँहुचानेके लिये समय तो लगता है। बहुत सारे नीति नियमों का पालन करना पड़ता है। सरकारी अनुमति प्राप्त करना पड़ता है। पंजीकरण करना पडता है।

अमन का कहना था कि —

"जो काम करने के लिये दिलों दिमाग में समाधान के स्वरूप शांति और शुकून मिलते हैं , उसे करनेके लिए शुरू से लग जाना चाहिए। देर करना नहीँ चाहिये।"

तब से आजतक तकरीबन एक साल के ऊपर लग गया सबकुछ प्राप्त करनेके लिए। ज़मीन देखकर ख़रीद करना , उसपर मकान बनाना , कोई आसान काम नहीँ था। मग़र जो काम के लिये सिद्धांत सुदृढ़ हो , उसके लिए कोई प्रतिबंध मायने नहीँ रखता है।

बीच बीच में सुनंदा आंटी और पटेल अंकल यहाँ पर घूमने आते थे। अम्मा की बियोग के बारे में सुनकर जब हम से मिलने आये थे , तब उन्हें यह बात अच्छी लगी। और उन्होंने भी अपनी बाक़ी जिंदगी को जनता की सेवा में न्योच्छावर कर देंगे ,अम्मा की पाठशाला के लिए योगदान देकर। एक से भले दो कहाबत में हमें उन दोनों का साथ मिला , तो हमारी हौंसले बुलंद रहे। पाठशाला के लिए मकान बनकर तैयार हो गई। उसकी उदघाटन का समारोह हो गया। उस दिन हम लोग बहुत खुश थे। ख़ास करके गुड्डू की ख़ुशी , सबसे अहमियत रखता था।

अम्मा के नाम से पाठशाला बनाना , हमारे लिए सौभाग्य की बात थी। और सब लोग उसी काम में लग गये। सब काम ख़त्म होते होते एक साल बीत गया , पता नहीँ चला। और जिस दिन पाठशाला बनकर तैयार हुआ , उस दिन हमारे लिए

एक अवीस्मरणीय दिन था। हम सब को अनुभव हुआ , जैसे कि हम ने एक जंग जीत लिया है। यह आसान काम नहीँ था। ना किसी अकेले की वस की बात थी। फ़िर हमारी मेहनत और लगन आख़िरी में रंग लेकर आई। कहते हैं ना कि मेहनत का नतीज़ा सही होता है।

जिस दिन पाठशाला में , सुंदरी अम्माके नाम से –

"अम्मा की पाठशाला "

की बोर्ड लगाई गई , उस दिन सबके आँखे नम हुये थे। अम्मा के नाम से गुड्डू के साथ में सब लोग हाथ जोड़े थे। अम्मा को प्रणाम किये थे।

वो समय आ गया , जिस दिन "अम्मा का पाठशाला " की उदघाटन समारोह हुई थी। अनेक गन्यमान्य व्यक्ति वहाँपर उपस्थित थे। पंडितजी ने मंत्रपाठ के साथ पूजाकी विधि संपूर्ण की थी। उस दिन से हमारी ज़िम्मेदारी बढ़ गई थी।

अम्मा की पाठशाला " एक अच्छा आदर्श कन्याशाला के रूप में खड़े होकर , ईशारे पे कहता गया —

"मानव के रूप में जन्म लिया। मानव की सेवा करते जा। समाज में होनेवाले या परंपरा गत कुप्रथा या कुसंस्कार को मिटाते जा। कन्या घरकी लक्ष्मी होती है। उनकी रक्षा करते

जा निरंतर। बेटी की सुरक्षा का ध्यान रख। परिवर्तनशील दुनियाँ है। परिवर्तन में समाज की प्रगती है। आज लोग सिर्फ़ चाँद नहीँ मंगल ग्रह के मिशन पर अंतरिक्ष में पहुँच जाते हैं। और हमारे यहाँ के लोग , इतने अनुन्नत होकर अँधाविश्वास किंवा रूढ़िवादी में अपने ही घर ,और परिवार को बर्बाद करते रहते हैं।

"संसार और समाज को सुरक्षा प्रदान करना , मानव तेरा प्रथम कर्त्तव्य है। आगे बढ़। कुछ करकें दिखाया कर , एक इंसान अगर चाहेगा तो बहुत कुछ कर सकता है। कुछ भी नामुमकिन नहीँ। बस, हौंसले बुलंद कर। हिम्मत ऱखकर आगे बढ़।"

अम्मा के बारे में , जितने कहो , जितने भी लिखो , वो कम पड़ेगा। एक भली इंसान दुनियाँ को प्यार दे गई और ले भी गई। अब अम्मा की ख्वाहिशों को पूरा करनेके लिए आगे ज़्यादा मेहनत करना होगा हम सबको। सुंदरी अम्मा जँहा कहीँ पर भी होगी , उन्हें एक आत्मसंतोष जरूर मिलेगा।

समाप्त